新雅
名著館

U0108448

愛麗絲夢遊仙境

（附思維導圖）

原著　**路易斯·卡洛爾**〔英〕
撮寫　**宋詒瑞**

新雅文化事業有限公司
www.sunya.com.hk

文學名著，具有永久的魅力。一代又一代的讀者，曾從中吸取智慧和勇氣。

面對未來競爭性很強的社會，少年兒童需要作好準備，從素質的培養、性格的塑造、心理承受力的加強、思維方式的形成、智力的開發，以及鍛煉堅強的意志，都是重要的課題。家庭教育的單調、學校教育的局限、社會教育的不足，使孩子們面對許多新問題感到困惑。而文學名著向小讀者展現豐富的世界，通過書中具體的形象、曲折的情節，學會觀察人、人與人的關係，和錯綜複雜的社會矛盾。可以說，文學名著是人生的教科書，它像顯微鏡一樣，照出人的內心世界和感覺。通過書中人物的命運，了解社會，體會人生，不知不覺地得到啟迪心靈的鑰匙。而名著中文學的美，語言的美，更是滋潤心田的清泉。

然而，對於年紀尚小的讀者來說，這些作品原著的篇幅有些長，這套縮寫本既保留了原著的精髓，又符合小讀者的能力和程度，是給孩子開啟文學大門的最佳選擇。

著名兒童文學作家
葛翠琳

　　小朋友，你一定很喜歡讀童話故事吧？你可曾讀過被稱為童話經典的《**愛麗絲夢遊仙境**》呢？這可是你一生一定要讀讀的一本奇妙的書啊。

　　書中寫一個名叫愛麗絲的小女孩，好奇地跟蹤一隻穿西裝的白兔，進入一個深洞，開始了她的夢遊歷程。她遇到了會説話的老鼠、鴿子、毛毛蟲……她會突然變大變小，她的眼淚會匯成池塘，她進入撲克王國、與皇族人員同玩古怪的槌球遊戲，並作為證人參加審判……奇境是變幻莫測、不可理喻的，但從中愛麗絲更加認識了現實世界，學到了人生經驗。

　　作者卡洛爾熱愛兒童、了解兒童心理，他的故事情節奇特，幻想豐富，角色個個新鮮活潑，又利用了語言文字的諧音、同義、雙關現象，把一些邏輯思維、詭辯問答和謎話、滑稽詩巧妙地揉合在故事中，把現實與虛幻、人類社會與動物世界相混雜，並靈活運用文字的聲和形，致使全書讀來荒誕古怪，妙趣橫生，是一部自成一格的童話書。這也正是它一百多年來被譯成二十多種文字，風行全球的魅力所在。

　　來吧，讓我們一起掉入兔子洞，進入愛麗絲的奇境吧！

目錄

思維導圖讀名著

　　思維導圖的圖像和結構是一種有效的學習工具，可以滿足不同閱讀風格和學習偏好的讀者需求。這種多元化的閱讀方式促使讀者更積極地參與閱讀，從而加深對作品的理解和感受。

　　《新雅・名著館：愛麗絲夢遊仙境》（附思維導圖）在故事後增加了三張思維導圖，以思維導圖的方式解讀經典名著，幫助讀者更好地掌握故事的脈絡、分析人物性格並從故事中獲得深刻的感悟。

思維導圖 ① 故事脈絡梳理

　　能夠幫助讀者更清晰地理解故事的脈絡和結構。通過視覺化的思維導圖，讀者可以一目了然地看到故事中的主要事件、情節發展，有助於讀者更好地把握整個故事的大綱，使閱讀體驗更加豐富和深入。

思維導圖 ② 人物形象分析

　　提供了詳細的人物描述，包括他們的個性和心理狀態。這使得讀者能夠更好地了解每個角色的性格特點和變化，進一步推動故事的發展，更好地理解和體會作品中的人物。

思維導圖 ③ 主題思想及感悟

　　為故事的主題和重要場景提供了深入的思考方向，這有助於讀者更有意識地從作品中獲得深刻的思考和感悟，從而提升閱讀體驗的深度和價值。

　　通過思維導圖的結構，讀者可以輕鬆生成閱讀摘要，捕捉故事的主要觀點和重要細節，使讀者更能從文學作品中獲益。**開拓思維和想像力，產生新的見解、思考，深入了解作品的主題和內容，從而加強閱讀分析能力，提高語文水平。**

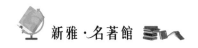
一、掉進兔子洞

那是一個炎熱的夏日下午。

愛麗絲和姐姐一起坐在河岸邊。她無事可做，懶洋洋地靠在姐姐身上，開始覺得很不耐煩了。

姐姐在看書。愛麗絲有時偷偷瞄一下姐姐正在讀的書，唉，書上既沒有插圖又沒有對話。愛麗絲想道：「一本沒有圖畫、沒有對話的書，有什麼好看的呢？」

於是，她開始在心中認真盤算起來：是不是要用雛菊編織一個花環呢？值不值得為這玩意兒站起身來去找花呢？唉，是不是太麻煩了……

知識泉

雛菊：也叫延命菊，一種黃心的白花，通常野生，也即野菊花。

她正在猶豫不決的時候，忽然有一隻長着一對粉紅色眼睛的白兔，從她身邊跑過。

一隻兔子跑過身邊，這本是件很平常的事。甚至

當愛麗絲聽見那兔子在自言自語地説：「哦，天哪！我一定會遲到了！」這時，她也並不覺得有什麼不尋常。

不過，當那隻兔子從牠的**背心**①口袋裏掏出一隻**懷錶**②來，看了看時間，再繼續趕路時，愛麗絲跳了起來。一個想法在她腦中像閃電似的一現：她從來沒見過兔子穿背心的，更別提會從口袋裏掏出懷錶來！

在好奇心的驅使下，愛麗絲緊追兔子，穿過一片田地後，看見牠鑽進籬笆下的一個地洞裏。

愛麗絲想也沒想，就跟着兔子鑽進了洞裏，根本沒考慮以後怎樣才能出來。

這個洞起初是筆直地向前伸展的，像一條長長的隧道；後來它突然下降，愛麗絲還沒來得及考慮是否停步，就發現自己跌進了一口很深很深的井裏。跌啊！

跌啊！跌啊！怎麼沒有個盡頭！

---

①**背心**：這裏是指穿在禮服裏面不帶袖子和領子的一種短上衣，意即白兔穿戴得很講究。

②**懷錶**：裝在衣袋裏使用的錶，一般比手錶大。

「不知道這次我已經下跌了多少里了？」愛麗絲大聲對自己說，「我一定快接近地心了吧？讓我看看，該有四千英里深了，我想……」（瞧，愛麗絲在學校課堂裏還是學到一些東西的，可惜現在不是炫耀自己這些知識的好時機，因為旁邊沒有人可以聽到。不過，練習練習說說也是好的。）

「是啊，是有這麼深！可是……我現在身處**緯度**多少度？**經度**又是多少度呢？」（愛麗絲根本不知道什麼是緯度、什麼是經度，可是她認為把這兩個詞說出口是件很了不起的事。）

> **知識泉**
>
> 緯度：地球表面南北距離的度數，以赤道為零度，以北為北緯，以南為南緯，南北各九十度。
>
> 經度：地球表面東西距離的度數，以子午線為零度，以東為東經，以西為西經，東西各一百八十度。

跌啊，跌啊，跌啊！還是不斷地往下跌！愛麗絲沒有別的事可做，所以又開始說起話來：「我猜想，今天晚上黛娜一定很想念我！（黛娜是她的貓。）希望他們在喝下午茶的時候，記得給牠盛一盤牛奶。哦，黛娜，我親愛的黛娜！真希望你能在這兒陪陪我！不過，我想這半空中可沒有老鼠給你抓……

那你可以抓蝙蝠！蝙蝠長得很像老鼠的，你很清楚。可是⋯⋯我懷疑⋯⋯貓兒吃蝙蝠嗎？」愛麗絲開始發睏了，她昏昏欲睡，如夢囈般地在自言自語：「貓吃蝙蝠嗎？⋯⋯貓吃蝙蝠嗎？⋯⋯」有時竟然說成了：「蝙蝠吃貓嗎？」你瞧，反正她這兩個問題都答不上來，她怎麼問就無所謂了。

　　她覺得自己正在打瞌睡，而且開始做夢。她夢見自己和黛娜正手牽手走着，她非常認真地問牠：「黛娜，現在老實告訴我吧：你吃過蝙蝠沒有？」

　　正在此時，突然「噗通」一聲，愛麗絲跌在一堆乾枝和枯葉上，她的下墜旅程就此結束。

　　愛麗絲一點兒也沒跌痛，她立刻跳了起來站定了。抬頭向上看看，頭上是黑漆漆的一片；向前一看，前面又是一條長長的走道。忽然，那隻白兔又出現了，牠正沿着走道匆匆忙忙在趕路。機不可失，時不再來，愛麗絲馬上嗖地一聲像陣風似的跟了上去，

正好趕在牠拐彎前聽見牠說：「我的老天爺啊！這下可真是太遲了！」

愛麗絲緊緊跟隨着牠，可是一拐彎就不見了白兔的蹤影，愛麗絲發現自己處身於一座大廳內。這個廳長長的，卻很低矮；天花板上掛着一大排燈，把大廳照得通亮。

廳的四面都是門，可是都上了鎖。愛麗絲從這一邊走到另一邊，從這一頭走到那一頭，試着去打開那些門，但一次也沒成功。她垂頭喪氣地回到大廳，考慮着怎樣才能離開這裏。

忽然，她看見廳裏有一張三條腿的玻璃小桌子，厚厚的玻璃桌面上沒有別的東西，只放着一把小小的金鑰匙。愛麗絲腦海裏首先閃過的想法是：用這把鑰匙一定可以打開大廳的其中一扇門。可是，真倒霉！不是門鎖太大，就是鑰匙太短，試來試去竟然一扇門也開不了！

正當她試第二圈的時候，她發現了一個小門簾，那是以前沒注意到的。門簾後面有一扇小門，只有十五吋高。愛麗絲用那把小金鑰匙試試，居然配上

了！她的高興自不在話下。

愛麗絲把門打開，發現門後是一條小小的通道，可是它小得就像個老鼠洞。愛麗絲跪在地上，側着頭向前張望，啊！前面是一個從未見過的可愛的小花園！

愛麗絲多麼想爬出這黑暗的過道，走到那些漂亮的花草和涼涼的清泉中間去玩啊！可是門洞那麼小，甚至連她的頭都鑽不過去。可憐的愛麗絲想道：「即使我的頭鑽了過去，肩膀也不能鑽過去呀！唉！但願我能像個望遠鏡一樣能縮短就好啦！我想我是可以做到的，只要我知道怎樣着手去做。」

因為近來發生了這麼多不尋常的事，所以你瞧，愛麗絲開始相信天下簡直沒有什麼事是不可能做的了！

看來在小門邊傻等是白白浪費時間，所以愛麗絲抱着一絲希望回到小桌旁，想看看能否找到另一把鑰匙，或是一本能教人怎樣縮小的書。

於是，她在桌上尋找，找到一隻小瓶，瓶頸上圍着一張標籤紙，上面用漂亮的大寫字體印着兩個字：

「喝我」。

「喝我」，這不是很好嗎？但是聰明的小愛麗絲並不急於這樣做。

「我先要看一看，」愛麗絲説，「看看瓶上是不是寫着『毒藥』之類的字。」因為她曾經讀過一些故事，都是説小孩子怎樣被火燒傷，被野獸吃掉，或發生了其他一些悲慘的事，正是因為他們不聽朋友們的忠告，譬如：把一根燒紅的**撥火棍**[①]握得太久，便會被燙傷；如果你被一把刀深深割了手指，就會流很多血；要是你喝下了標有『毒藥』的瓶中物，那你遲早會深受其害，這是愛麗絲永遠不會忘記的喲。

然而這小瓶子上並沒有「毒藥」的標籤，所以愛麗絲就大膽地嘗了一口。哦，她發覺這還相當好喝呢！於是愛麗絲很快就把它全喝光了。

「多麼奇妙的感覺！」愛麗絲説，「我好像望遠鏡一樣在漸漸縮短！」

的確如此，愛麗絲變得只有十吋高了。一想到

[①]**撥火棍**：用來移動爐中煤炭或通火的工具，用鐵製成，前端通常呈鈎狀，另一端是把手。

自己現在的尺寸可以鑽過小門洞，進去那個可愛的花園，愛麗絲就興高采烈。可是她還是等了幾分鐘，看看自己是否還會縮小，對此她有點擔心，她説：「你知道嗎？可能我會不斷縮小下去，縮到沒有，像根燃完的蠟燭那樣。那麼，我不知道自己那時將會變成什麼樣子了！」

她等了一會兒，看看再也沒有什麼事發生，便決定馬上到花園裏去。可是……唉，可憐的愛麗絲！當她走到門前，才發現自己忘了帶那把小金鑰匙。等她回到小桌邊，竟發現自己現在已經矮得不可能拿到桌上的鑰匙了！

透過玻璃，她清清楚楚看到那把鑰匙。她抱住一條桌子腿拼命往上爬，但是太滑了，爬不上去。她試來試去，精疲力盡，還是沒成功，這可憐的小東西就坐在地上哭了起來。

過不多久，她的目光落在桌子下面的一個小玻璃盒上。她打開一看，裏面有一塊小小的蛋糕，上面用葡萄乾排出漂亮的兩個字：「吃我」。

「好吧，我就吃了它，」愛麗絲説，「假如吃

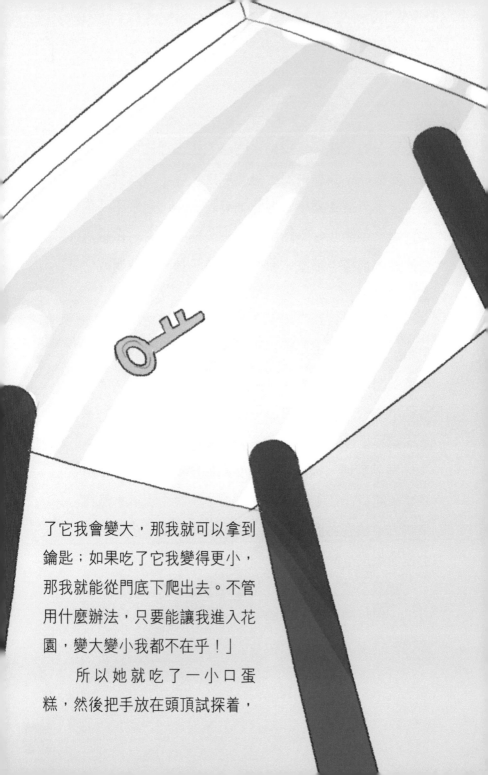

了它我會變大，那我就可以拿到
鑰匙；如果吃了它我變得更小，
那我就能從門底下爬出去。不管
用什麼辦法，只要能讓我進入花
園，變大變小我都不在乎！」

　　所以她就吃了一小口蛋
糕，然後把手放在頭頂試探着，

焦急地問自己：「長了？還是縮了？」她驚
訝地發現自己仍是保持老樣子，就像一個普
通人吃了一口普通的蛋糕那樣。

　　但是愛麗絲已經習慣於在意想不到之
時發生稀奇古怪的事了，所以她竟覺得如果
凡事按常規進行，生活就太枯燥無味了。

　　於是她就鄭重其事地把蛋糕一口一口
地全都吞了下肚。

∽ 二、眼淚池 ∾

「越來越奇怪，越⋯⋯奇⋯⋯了！」愛麗絲叫道（此時此刻她驚訝得連話也説不好了），「現在我大得好像一架打開了的最大的望遠鏡！別了，我的腳！」（因為當她低頭一看，她的腳已經遠得幾乎看不到了。）「唉，我可憐的小腳，以後誰會替你們着襪穿鞋呀？我肯定是不行的了！我離你們實在太遠，無法幫你們了，你們好好照顧自己吧！」

此時她的頭頂碰到了大廳的天花板，她的身高已經超過九呎。她趕忙拿起桌上的金鑰匙，衝到通往花園的小門口。

可憐的愛麗絲！她努力想鑽出門洞，但是她所能做到的只是躺倒在地，用一隻眼看小花園，走出去是根本不可能的事。於是她又坐在地上大哭起來。

哭着哭着，愛麗絲罵自己了：「你不感到羞恥嗎？像你這麼大的孩子（她這可是説得對極了），哭

成這個樣子！馬
上給我停！不許哭
了！」可是她的眼淚還
是繼續往下掉，總共流下了
四加侖的眼淚。淚水在她身旁形成了一個四吋深的池
塘，幾乎把大廳淹了一半。

知識泉

加侖：英美制容量單位，英制一加侖等於4.546升，美制一加侖等於3.785升。

過了一會兒，愛麗絲聽到一陣「啪噠啪噠」的腳步聲，她連忙擦乾眼淚，抬起頭來看看是誰來了。原來是那隻白兔又走了回來。牠穿戴考究，一手拿着一雙白手套，一手抓着一把扇子。牠快步走着，嘴裏嘮叨着：「天哪，公爵夫人！公爵夫人！我讓她等這麼久，她一定要大發雷霆了！」

此時的愛麗絲正感到一籌莫展，準備向任何人求助。所以當白兔走近時，她輕聲説道：「先生，請您……」白兔吃了一驚，扔下了手套和扇子，飛也似的向前奔去，隱沒在黑暗中。

愛麗絲拾起手套和扇子，正好廳裏很熱，她就一邊搧着一邊自言自語：「我的天！怎麼今天樣樣事都是古古怪怪的！昨天一切都很正常，我是不是在一夜之間改變了？讓我想想：今早起牀時我還是老樣子嗎？我記得好像是有些不一樣。可是，如果我不是以前的我，那麼我究竟是誰呢？啊，這真是一個難解的謎！」她開始把與她同齡的孩子一個個回想起來，看

看自己是不是變成了他們之中的某一個。

　　「我肯定不是愛達，她有長長的鬈髮，而我的頭髮一點兒也鬈不起來；我肯定也不是美寶，因為我懂得很多事情，而她呢，唷，她什麼也不懂！而且，她是她，我是我……唉，真是太複雜了！讓我來試試，看我還記得以前知道的那些東西嗎？四五一十二，四六一十三，四七是……天哪！這樣數下去幾時才數到二十呀？不過，**九九表**①本來就沒什麼意思。試試地理吧：倫敦是巴黎的首都，巴黎是羅馬的首都……不對不對，全錯了，恐怕我已變成了美寶！讓我再來背段課文試試……」愛麗絲把兩手交叉放在腿上開始背誦，「小小鱷魚愛漂亮……」就像是在課堂上背書那樣，只是她的聲音變得沙啞和奇怪，字句也好像跟平時的不一樣。

　　「我覺得這些詩句我背得不對！」可憐的愛麗絲眼淚汪汪地說，「我想我一定是變成美寶了，我就得住進她那狹小的房子去，沒有玩具玩，整天啃書

---

①**九九表**：乘法口訣，也叫九九歌、九因歌。愛麗絲在這裏全背錯了。

本⋯⋯喔，我才不去吶！我打定主意留在這兒，誰來叫我也沒用！可是⋯⋯喲！我倒是真想有人來叫我回去，在這兒一個人冷冷清清的，真難受呀！」説着，她又嗚嗚咽咽地大哭起來。

忽然她低頭望了望自己的手，發現在不知不覺間她戴上了白兔留下的一隻手套：「這是怎麽回事呢？我好像在縮小！」她走到小桌邊比一比，發現自己只有兩吙來高了，而且還在不斷縮下去。她覺察到這是因為手中那把扇子的緣故，便立刻扔掉扇子，及時避免了縮成零的危機。

現在可以進花園啦！她跑向小門。呀，小門又關上了，金鑰匙在小桌上呢！這下可真糟了，愛麗絲想道：「你看，我從來沒有這麽小過！怎麽辦呢？」

正説着，她腳下一滑，「噗通」一聲跌倒了。鹹水直沖到她的下巴，她以為自己掉在海裏了，心想這下只好坐火車回去啦。（愛麗絲曾去過一次海邊，見到海裏有許多更衣車，孩子們在沙灘上挖沙玩，沙灘後面有一排出租公寓，

知識泉

更衣車：一種可以拖至水邊供游泳者更衣的車。

旁邊是一個火車站。）可是不用多久她就看出，這不是海，而是剛才她在九呎高時哭出的眼淚池！

「唉，剛才我別哭那麼久就好了！」愛麗絲一邊游着一邊說，她想找條出路游出去。「看來我要淹死在自己的眼淚裏了，這真是個聞所未聞的奇怪懲罰！可不是嗎？今天發生的每一件事都是怪怪的。」

正在這時，她聽到池中不遠處有什麼響聲，便游過去看個究竟。起初她還以為是隻海象或是河馬在撲水，後來她記起自己已變小了，這才看出那是一隻老鼠，可能和她一樣不小心跌在池中的。

愛麗絲想：「若是我和牠說說話，不知道是不是有用？這裏樣樣事情都是不尋常的，所以我想也許老鼠也會講話，反正試試也沒壞處。」

她就開口道：「喔，老鼠！你知道這個池子的出口在哪兒嗎？我在這兒游來游去找了好久，已經很累了。」

老鼠好奇地望了她一眼，好像還對她眨了一下眼睛，可是什麼也沒說。

愛麗絲想：「也許牠不懂英語。我敢說牠一定

是隻法國老鼠，跟隨征服者威廉一起來的。（在愛麗絲已掌握的歷史知識中，她最搞不清楚什麼事件發生在什麼時候了。）她就改用法文說：「我的貓在哪裏？」（這是她法文課本中的第一句。）

老鼠聽了嚇一跳，猛地鑽到水裏，渾身哆嗦。愛麗絲急忙叫道：「啊呀，真對不起！我忘了你是不喜歡貓的。」她不想傷害牠的感情。

「哼，不喜歡貓！」老鼠尖着嗓子激動地喊道，「假如換了你是我，你會喜歡貓嗎？」

愛麗絲試着撫慰牠：「我想我也不會的，你別生氣。不過，我倒真想讓你見見我們的貓黛娜。我想你見了牠一定會愛貓的，牠真是一隻乖巧可愛的貓啊！」愛麗絲一邊說一邊在池中沒精打采地游來游去：「牠會心滿意足地坐在火爐邊，舔舔爪子洗洗臉。誰能不疼愛這個柔軟可愛的小東西呀！說起捉老鼠，牠的本領真是一流的⋯⋯哎呀，對不起！」愛麗

絲再次道歉。她看見老鼠全身的毛都豎起來了，心想這次自己真是把牠冒犯得不輕，「要是你不想聽，我們再也不談貓了。」

「還說什麼『我們』呢！」老鼠氣得從頭到腳都在顫抖，牠尖聲叫道，「倒好像是我要談這個話題！我們的家族向來恨貓，那些卑鄙、下賤、骯髒的東西！別再讓我聽到那個名字了吧！」

「好，好，一定不提了！」愛麗絲急急改變話題，「你是不是……喜……歡……喜歡狗？」

老鼠沒回答，愛麗絲熱切地説下去：「我家附近有隻很好的小狗，我真應該讓你瞧瞧！一隻眼睛明亮的小鐵利亞，牠披着一身長長的棕色鬈毛。你扔出去的東西，牠都會叼

知識泉

鐵利亞：一種活潑的小獵狗，尤擅掘地洞追趕獵物。

回來。牠還會坐下來乞討食物……嗨，牠樣樣事情都會做，我大約只記得一半。牠是一個農夫養的。他説這小狗很有用，身價一百鎊吶！還説牠殺光了所有的老鼠……喔，天哪！」愛麗絲抱歉地叫了起來，「我又冒犯牠了！」

因為這時老鼠拚命游着，想離開她，在池子裏激起一陣波浪。

愛麗絲跟在後面柔聲喚道：「親愛的老鼠，回來吧！你不喜歡貓狗，我們就不談牠們了！」老鼠聽了後，轉身慢慢向她這邊游來，牠的臉色煞白（愛麗絲想這一定是牠情緒太激動的原因），發着抖低聲說：「我們上岸去吧。」

知識泉

鴕鴕：即渡渡鳥，一種巨鳥，產於毛里求斯，現已絕種。

現在正是上岸的時候了，因為池子裏又跌進了很多鳥獸動物，顯得擁擠不堪。愛麗絲領着牠們——一隻鴨子、一隻鴕鴕、一隻鸚鵡、一隻小鷹，和其他一些稀奇古怪的生物，向岸邊游去。

三、白兔委派小比爾

愛麗絲爬上岸不久，突然她聽到遠處傳來輕輕的腳步聲。

來的正是白兔。牠慢慢踱了回來，着急地四周張望，好像丟失了什麼東西。牠還在低聲喃喃自語：「公爵夫人！公爵夫人！噢，我的爪子！我的毛和鬍子！她一定會把我處死的，我敢肯定！我把這些東西掉在哪裏了？我真不明白！」

愛麗絲一聽，就知道牠在尋找牠的扇子和那副白手套。她好心地環顧四周幫牠找，可是哪兒也找不到。自從她在池中游過以後，似乎一切都變了樣，那大廳連同玻璃桌子和那扇小門，統統消失得無影無蹤。

白兔立即發現了愛麗絲，便惡狠狠地對她說：「嘿，瑪麗安，你在這兒幹什麼？趕快回家去替我拿一副白手套和一把扇子來！快，立刻就去！」愛麗絲

被牠嚇得順着牠指的方向飛快地跑去，來不及告訴牠認錯人了。「牠把我當成牠的女僕了，」愛麗絲一邊跑一邊想：「假如牠發現那是我，不知有多吃驚！不過，我最好還是幫牠把手套和扇子拿來，如果我能找到的話。」

說着，她來到一所整潔的小房子前，門上釘着一塊光亮的銅牌，上面刻着「W·白兔」的字樣。她門也沒敲就跑了進去，一直衝到樓上，因為她怕會碰見真正的瑪麗安，沒等她找到手套和扇子就被趕出來。

「聽起來多奇怪呀，我為一隻白兔跑腿！」愛麗絲對自己說，「恐怕下次黛娜也會差我送信了！」於是她開始想像將來會發生的這類事：「『愛麗絲小姐，快來這裏，準備出去散步了！』『等一下，保姆！我現在要守住這老鼠洞，不讓老鼠出來，直至黛娜回來我才能離開。』不過，假如黛娜開始這樣差遣人的話，我想家裏人一定不會讓牠再留在我家的！」

這時，她發現自己來到了一間收拾得很整齊的小房間，靠窗有一張桌子，桌上有一把扇子和兩三副白皮小手套。她拿了扇子和一副手套正想離開時，忽

見鏡子前面有一個小瓶，這次瓶上雖然沒有「喝我」的標籤，但是愛麗絲打開了瓶子，把它湊到嘴邊。她想：「我知道每當我吃下或喝下什麼，總是有些有趣的事發生。這次我倒要看看這瓶東西有什麼法力，希望它能使我再變大，我真是厭倦了自己老是這麼矮小！」

果真如此，而且比她預期的更為迅速：她還沒喝完半瓶，就發現自己的頭已經碰到了天花板，只好把頭低下以免折斷脖子。她趕快放下瓶子，自言自語道：「這足夠了……希望我不再長了……就這樣我已經出不了門！我真不該喝那麼多！」

唉，後悔已經太晚了！她繼續在長高，長啊長啊！不一會兒，她不得不跪在地板上了；再過一分鐘，這房間簡直容不下她了！愛麗絲只得躺下來，一隻胳膊肘撐着門，另一隻胳膊圍抱着頭。她還在長，最後實在沒辦法了，她就把一隻手伸出窗外，一隻腳塞進煙囪。她對自己說：「再發生什麼事，我就一點辦法也沒有了！我還會變成什麼樣呢？」

愛麗絲還算幸運，那瓶藥的效力已發揮完了，她

不再長了。但現在這個樣子已很不舒服，而且看來也沒法離開這間房子，所以她很發愁。

愛麗絲想道，「還是在家裏好，不會像這樣一會兒變大，一會兒變小；也不會被兔子差來遣去！真希望我沒鑽進這個兔子洞……現在……然而，這樣過日子倒也真是令人好奇！我真不明白，我究竟遇到些什麼事啦？每當我讀神話故事書時，總認為那種事情永遠不會發生，而現在我竟身在其中！應該有一本書寫寫我的這些事，應該有！等我長大了，我會寫的。但是……現在我不是已經長大了嗎？」她憂愁地想道，「至少在這兒，再也沒有地方給我再長了。」

「可是那樣的話，」愛麗絲又想道，「我就永遠不會比現在更老了吧？這倒是件令人欣慰的事情——永遠不會成為一個老太婆，不過，我就得一輩子上學讀書！噢，我可不喜歡這樣！」

「噯，愛麗絲你這個笨蛋！」她自己回答自己，「在這兒你怎麼讀書啊？你連自己立腳的地方都沒有，更放不下什麼書本了！」

就像這樣，她時而作這一方，時而作另一方，不

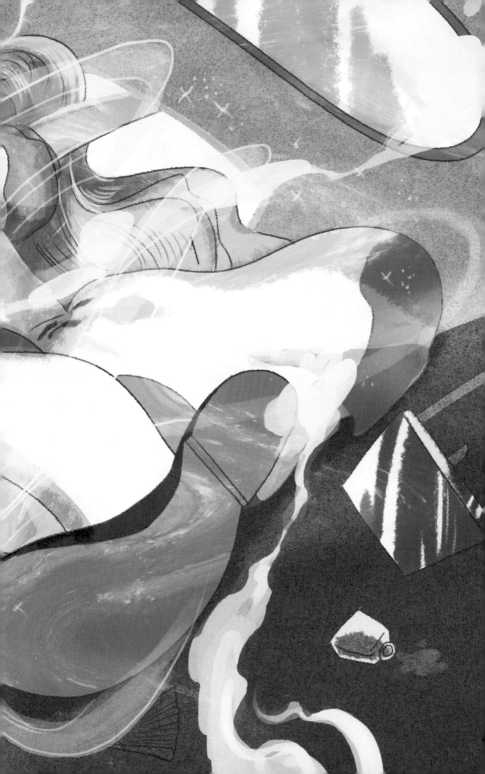

斷進行着這種有趣的談話。過了幾分鐘，她聽到外面有些響聲，便豎起耳朵聽着。

「瑪麗安！瑪麗安！快把我的手套拿來！」外面一個聲音在叫着，接着是上樓梯的腳步聲。愛麗絲知道是白兔跑回來找她了，嚇得她索索發抖，連房子也晃動起來。她忘了自己現在比白兔大一千倍，根本沒理由怕牠。白兔走到房門口，想開門。可是這門是向裏開的，而愛麗絲的胳膊肘正頂着門，所以牠推不開。愛麗絲聽見白兔說：「讓我轉到窗口那邊爬進去吧！」

「那你也進不來！」愛麗絲想。過了一會，她想白兔可能已來到窗下，便伸出手向空中抓了一把。她沒有抓到什麼，卻聽到一聲尖叫，「噗通」一聲和「嘩嘩啦啦」玻璃碎裂的聲音，她猜這可能是兔子跌到黃瓜棚上了。

接着是一個憤怒的聲音在叫喊——那是白兔的聲音——「派德！派德！你在哪兒？」一個她以前沒聽見過的口音回答道：「我在這兒吶，老爺！我在挖蘋果。」

兔子很生氣地說：「在挖蘋果？快到這兒來，幫我站起來！」

「派德，你看，窗子裏那個是什麼東西啊？」

「一定是隻手臂，老爺！」

「一隻手臂？你這頭笨鵝！誰曾見過這麼大的一隻手臂？瞧，它把整個窗子都堵住了！」

「是，是，的確如此，老爺！不過，一隻手臂總歸是隻手臂。」

「好吧，不管它是什麼，它在這兒一點用也沒有，你去把它移開！」

接下來半天沒有動靜。後來愛麗絲只聽見一些零星低語：「我不喜歡它，老爺！一點也不！一點也不！」

「照我的話去做，你這膽小鬼！」

愛麗絲再次把手向前一伸，又在空中一抓。這次聽到了兩聲尖叫，接着是更多的玻璃破裂聲。「牠們有多少黃瓜棚呀？」愛麗絲想，「不知道牠們還想怎樣做，如果想把我從窗裏拉出來的話，我倒真希望牠們能成功。我真不想再在這兒呆下去了！」

　　她等了一會兒，聽不到什麼聲音。後來傳來一陣車輪滾動聲，還有很多人在同時說話，她聽到片言隻語：「還有一架梯子呢……嗨，我只能帶一架，比爾帶另一架……比爾！快拿來，放這兒，立在這個角落……不，先把它們綁在一起……唉，還不夠一半高呢……噢，現在差不多夠了，別那麼講究了……比爾！接住這條繩……房頂經受得住嗎……小心那塊瓦鬆了……哦，掉下來了！當心頭！」（「啪啦」一聲）「誰幹的……我想……誰從煙囱下去……不，我不去，你去吧……那我也不去……要比爾下去……嘿，比爾！老爺叫你下煙囱！」

　　愛麗絲對自己說：「噢，那麼看來比爾要從煙囱下來？怎麼回事？牠們把一切事都推給比爾做！給我再多好處我也不願當比爾！這個壁爐太窄，我想我可以踢一腳把它弄大點！」

　　於是她盡可能地把伸在煙囱裏的腳往下縮，等到她聽見煙囱裏似乎有隻小動物（她猜不出是什麼動物）在接近她的上方亂抓亂爬時，她說了聲：「這就是比爾」，便使勁向上踢了一腳，看看會有什麼事發

生。

　　她首先聽到眾聲齊呼：「比爾出來了！」然後是兔子的聲音：「往籬笆那邊了，把牠接住！」沉靜了一會兒，嘈雜聲又起：「托住牠的頭……來點兒白蘭地酒……別噎着牠……怎麼啦，老兄？你碰見什麼了？快告訴我們！」

　　傳來一個虛弱、尖細的聲音（「這是比爾。」愛麗絲想）：「我也弄不懂是怎麼回事……不喝了，謝謝，我已經好些了……但是我腦中還是一片混亂，恐怕說不清楚……我只知道有樣東西像是從**玩偶盒**①裏衝出來似的彈向我，我就像火箭那樣飛了上天！」

　　「確實如此，老兄！」大家齊聲作證。

　　「我們要把房子燒掉！」兔子說。

　　愛麗絲用盡全身力氣大喊：「你這樣做的話，我就叫黛娜來對付你！」外面立刻死一般的寂靜。愛麗絲想：「不知道下一步牠們想幹什麼！如果牠們聰明一點兒，應該想到拆掉屋頂。」

---

①**玩偶盒**：一種玩具盒，揭開盒蓋即有假人彈跳出來。

一兩分鐘後，牠們又開始走動了。愛麗絲聽見兔子説：「一小車可以了，開始吧！」

「一小車什麼呀？」愛麗絲想。但是她沒多少時間可想，因為緊接着就是一陣石子雨劈劈啪啪地從窗外打進來，有些還打在她臉上。愛麗絲對自己説：「必須阻止牠們這樣做！」於是她大喊：「你們最好別再這樣鬧了！」

外面再次寂靜無聲。

愛麗絲驚訝地發現，那些跌落在地板上的小石子統統變成了一塊塊小蛋糕！她心中一亮：「如果我吃一塊，它一定會改變我的大小。既然它不能把我變得更大，那就一定能把我變小。」

她吞下一塊蛋糕，立刻高興地發現自己開始縮小了。等到她小到可以從門裏出來，她就跑出房間，看見一大羣小動物和鳥兒們等在外面。可憐的小蜥蜴，也即比爾，被圍在中間，由兩隻天竺鼠扶着，牠們正用一隻瓶子灌什麼東西給牠喝。愛麗絲一出現，牠們全朝她衝來，愛麗絲轉身飛跑。不久，她發現自己安全地來到一座靜謐的密林裏。

愛麗絲在林中一邊漫步一邊想：「目前我首先要做的事，是將自己恢復到原來大小；第二件事是要找到去那可愛的小花園的路，我想這是個最好的計劃。」

毫無疑問，這個計劃聽起來真是不錯，簡單易行。但難就難在她一點兒也不知道該怎麼做。她焦急地在林中走來走去，忽然聽到頭頂上方傳來一陣尖尖的狗吠聲，她連忙抬起頭來⋯⋯

一隻小狗（在愛麗絲眼中是巨型的）圓睜着雙眼正往下望着她，還伸出一隻爪子好像要觸摸她。愛麗絲說了聲：「可憐的小東西！」並吹吹口哨來哄牠。可是她其實非常害怕，心裏在想這隻巨型小狗是不是餓了，要是牠真的餓得想吃掉她的話，她再怎麼哄也是沒有用的。

不知不覺地，愛麗絲從地上拾起一根樹枝伸向小狗。小狗立刻抬起四腳，高興地大叫一聲，向樹枝撲過來，好像要咬它的樣子。愛麗絲連忙躲到一叢薊花後

知識泉

薊花：菊科，有大薊和小薊之分，多年生草本，夏季開紫紅花，生於路邊、田野，全株入藥。

面，免得被牠撞倒。當她在另一邊出現，小狗又衝向她手握的樹枝，因為撲得太猛而栽了個大筋斗。愛麗絲心想：「我這就像在與一匹拉車的馬玩遊戲，隨時有可能被牠踩在腳下踏扁！」所以她又跑到薊花後面去了。

但小狗還是不停地向愛麗絲手中的樹枝發起衝擊。每次牠都是先退後幾步，再跑回來，而且「汪汪汪」地吠個不停。最後牠遠遠地坐了下來，半閉着眼，伸出舌頭重重地喘着氣。

這是愛麗絲逃跑的絕好機會！所以她立刻拔腿就跑，一直跑到自己精疲力盡，氣都喘不過來了，小狗的叫吠聲也變得模糊不清了，這才停下腳步。

「不管怎麼說，這畢竟是一隻可愛的小狗！」愛麗絲靠在一棵金鳳花上休息，摘了片葉子一邊搧着一邊說，「我真想教牠耍幾套把戲，如果……如果我的身材正常的話！天哪！我差點忘了我應該快一點想辦法再長大！讓我想想，我該怎麼做呢？我猜

想我再要吃點或喝點什麼才行，或是用別的辦法。最大的問題是：到底是什麼東西呢？」

最大的問題當然是：到底用什麼呢？愛麗絲看看四周的花草，找不到在這種情況下可以吃或喝的任何東西。附近長着一棵大蘑菇，差不多和她一樣高。愛麗絲仔細看看蘑菇的下面、兩邊、後面，然後想要看看它的上面有些什麼東西。

她踮起腳尖，從蘑菇的邊緣望去，她的眼睛立刻與一條藍色的大毛毛蟲的雙眼相遇。這條毛毛蟲正抄着手坐在蘑菇頂上，靜靜地吸着一根長長的水煙管，毫不理會愛麗絲或其他任何事情。

知識泉

水煙：用水或其它液體過濾後吸食的一種煙草製品，吸食時需要使用水煙壺或水煙袋等工具，工具上有一條長長的吸管。水煙和其他煙草一樣都會損害吸食者的健康。

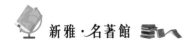

新雅・名著館

～ 四、毛毛蟲的建議 ～

　　毛毛蟲和愛麗絲默默地對視了一會兒，毛毛蟲把水煙管從嘴邊拿開，用一種沒精打采的腔調懶洋洋地問道：

　　「你是誰呀？」

　　這不是一個令人愉快的開場白。愛麗絲有點不好意思地回答說：「我……我現在也不太清楚，先生。至少今天早上起牀的時候，我知道我是誰。但是我想，從那以後我已經變了好幾次了。」

　　「你這話是什麼意思？」毛毛蟲嚴厲地說，「好好解釋一下！」

　　「我想我解釋不了，先生。因為我已經不是我自己了，你看！」愛麗絲說。

　　「我看不出來！」毛毛蟲說。

　　「恐怕我不能說得再清楚點了，」愛麗絲很有禮貌地說，「首先，我自己也弄不明白是怎麼回事，在

一天裏我的身材尺寸變了好幾次，真令人困惑。」

「不會的。」毛毛蟲説。

「可能現在你還沒有發現。當你以後變成蛹的時候——總有一天你會的，你知道——然後你又變成一隻蝴蝶，我想那時你會覺得有點古怪的。」

「一點也不會的。」毛毛蟲説。

「那你的感覺可能與眾不同，我想我會感到非常古怪的。」愛麗絲説。

「你！」毛毛蟲輕蔑地説，「你是誰？」

這不，又回到了剛才的話題！愛麗絲不喜歡毛毛蟲總是用簡短的語句對話。她盡量站得挺直一些，神氣地説：「我想，首先你應該告訴我，你是誰。」

「為什麼？」毛毛蟲問。

這又是一個難以解答的問題。愛麗絲實在想不出自己為什麼會提出這個問題，又見牠似乎心緒不佳，便轉身離去。

「回來！」毛毛蟲在她身後叫道：「我有重要事情要説！」

這話給愛麗絲帶來了希望，她轉身走回來。

「控制好你的脾氣。」毛毛蟲説。

「就這些？」愛麗絲問，盡量壓抑心中的怒火。

「不。」毛毛蟲答道。

愛麗絲心想自己還是耐心等待吧，反正也沒事可做，也許到頭來牠會説出一些值得一聽的話來。

有好幾分鐘，毛毛蟲只是一口口地抽着水煙，不斷噴出煙霧。終於，牠鬆開交疊的手臂，拿開嘴邊的水煙管説：「你認為自己變了嗎？」

「恐怕是這樣的，先生。」愛麗絲説，「以前我記得的事現在都忘了……而且，我不能在十分鐘內保持自己的身材大小不變！」

「你忘了些什麼事情？」毛毛蟲問。

「瞧，剛才我想背誦《忙碌的小蜜蜂》，可都背錯啦！」愛麗絲傷心地説。

「你背一下《你老了，威廉爸爸》這首詩！」毛毛蟲説。

愛麗絲交疊着雙手，開始背誦了。當愛麗絲背完後，毛毛蟲説：「你背得不對。」

「不完全對，」愛麗絲怯怯地説，「恐怕有些字

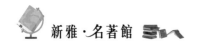

唸錯了。」

「從一開始到結束都錯了。」毛毛蟲口氣強硬地説。

靜默了幾分鐘後，毛毛蟲先開口：「你要變成什麼尺寸？」

「喔，我並不在乎尺寸，」愛麗絲連忙回答，「只是一個人總不喜歡這樣變來變去的，你知道的。」

「我不知道。」毛毛蟲説。

愛麗絲什麼也沒説。她這一生中從來沒有人和她這樣頂嘴，她覺得自己的脾氣快控制不住了。

「你現在滿意嗎？」毛毛蟲問。

「先生，假如你不介意，我想變得再大一點兒。三吋高實在不大像樣。」

「這個高度很像樣啊！」毛毛蟲生氣地説，同時挺直了身子（正好三吋高）。

可憐的愛麗絲用哀求的口吻説：「可是我不習慣呀！」心想但願這傢伙不那麼容易生氣。

「你會習慣的。」毛毛蟲説，又把水煙管塞進嘴

裏抽起煙來。

這次，愛麗絲耐心地等牠決定什麼時候再開口。一兩分鐘後，毛毛蟲拿掉水煙管，打了一兩個哈欠，搖了搖身子，然後從蘑菇上下來，爬進草叢。臨走前說道：「這邊使你變高，那邊使你變矮。」

愛麗絲心想：什麼是這邊，什麼是那邊呀？

「這棵蘑菇。」毛毛蟲說完就消失了，好像怕愛麗絲再問牠似的。

愛麗絲仔仔細細地把蘑菇打量了一分鐘，琢磨着哪是「這邊」，哪是「那邊」。她覺得這個問題很難解決，因為整個蘑菇是圓圓的。於是她伸出兩臂圍抱蘑菇，在兩手所及之處各掰下一小塊來。

她把右手拿着的那塊蘑菇咬了一小口，試試它的效果。說時遲那時快，她感到下巴受到重重一擊，原來下巴碰到了腳！

自己縮得這麼快，真使她嚇了一大跳！她毫不遲疑地決定吃左手的那一塊。可是她的下巴緊緊壓着腳，使她張不開嘴，好不容易才往嘴裏塞了一小塊，吞了下去⋯⋯

「哈，我的頭終於鬆動了！」愛麗絲高興地說。但她的興奮隨即轉為惶恐，她發現自己的肩膀不見了！她向下看，只見一條細長的脖子，從她下方的一片碧綠樹海中伸了出來。

「這一片綠是什麼？我的肩膀到哪兒去了？啊，我那可憐的雙手！我怎麼看不見你們？」她試着搖動雙手，卻無濟於事，只見下方遠處樹林的綠葉在微微波動，手出不來。

既然她的手沒法碰到頭，她就低下頭去找自己的手。她發現自己的脖子居然能十分自由地四處轉動，簡直像條蛇一樣。於是她優雅地把長脖子彎成一個漂亮的弧度，伸進那片綠色中——原來那就是樹林的頂，剛才她還在那裏遊逛呢。

忽然，傳來一聲尖銳的「嘶……」，她急忙抬起頭來，一隻很大的鴿子飛向她的臉，用翅膀粗暴地撲打她。

「蛇！」鴿子叫道。

「我不是蛇！離我遠點！」愛麗絲生氣地說。

「蛇！我再說一次：你是一條蛇！」鴿子放低聲

音説道。然後牠又抽泣着説：「我試過了很多辦法，可是看來沒有一個行得通！」

愛麗絲説：「我一點都不明白你在説些什麼。」

「我試過樹根，試過河岸，也試過籬笆，」鴿子自言自語着，完全不理會愛麗絲，「但是那些蛇！牠們總是不肯住手！」

愛麗絲越來越感到困惑了，但是她想自己説什麼也沒有用，還是等那鴿子自己説完吧。

鴿子繼續在説：「好像只是孵蛋還不夠辛苦似的，我還必須日日夜夜提防着那些蛇！想想看，我一連三個星期都沒合過眼！」

愛麗絲開始有點明白了，便安慰牠説：「聽到你曾被騷擾，我很難過。」

鴿子提高了聲調尖叫道：「剛才我好不容易找到林中最高的一棵樹，心想這回總算可以擺脱牠們了吧？除非牠們從天上蜿蜒而下。哦，又是蛇！」

「但是我不是蛇呀！我是……我是……」愛麗絲説。

「説呀，你是什麼？哼，我看得出來，你想編造

故事騙人！」鴿子説。

「我……我是一個小女孩。」一想到這一天內自己曾經歷了多少次變化，她自己説這話時也半信半疑的。

「編得倒挺像的！」鴿子的語氣中帶着蔑視，「我這一輩子見過不少小女孩，沒有一個長着這樣的長脖子的！不，你是一條蛇，賴也沒有用。我想你再編下去恐怕要告訴我，你從來沒吃過蛋呢！」

「我當然吃過蛋，」愛麗絲是個很誠實的孩子，「可是你知道，蛇吃蛋，小女孩也吃蛋的。」

「我不相信，」鴿子説，「如果小女孩也吃蛋，那麼我就認為她們也是一種蛇。」

對愛麗絲來説，這是個新概念，所以她靜默了一兩分鐘。鴿子趁機接着説，「你在找蛋，這一點我完全知道，不管你是一個小女孩還是一條蛇，對我來説都一樣。」

「對我來説可大不一樣，」愛麗絲説，「而且我現在不是在找蛋，假如我找蛋，也不要你的，我不喜歡生蛋。」

「好吧，那麼你滾吧！」鴿子生氣地說完，便回到自己的巢裏去了。

愛麗絲勉強蹲下來在林間走，可是她的脖子總是纏着樹枝，所以她不時要停下來清理清理。過了一會，她想起手中拿着的蘑菇塊，便小心翼翼地咬一點這塊，又咬一點那塊，她就忽而長高忽而縮小，直到她把自己調整到平時那麼高才住手。

愛麗絲很久沒有維持自己原有的高度了，所以起初反而覺得有些異樣，但幾分鐘後她就習慣了。她又像以前一樣自言自語起來：「好哇，我的計劃已經成功了一半！那些變大變小的事真令人困惑，弄得我都不知道下一分鐘自己會變成什麼樣！無論如何，現在總算變回來了。眼下第二件要做的事，是去那個漂亮的花園。怎麼去呢？」

說着說着，她來到一塊空地，那兒有一座四呎來高的小房子。愛麗絲心想：「誰住在裏面呢？我這個樣子進去可不行，會把牠們的魂都嚇跑的！」

於是她開始吃右手拿着的那塊蘑菇，直到自己縮成九吋來高時，才敢走近那座房子。

～ 五、小豬和胡椒 ～

愛麗絲站在房子前看了幾分鐘，正想着下一步該怎麼做，忽然從樹林裏跑出一個穿着制服的僕人，牠的臉就像一條魚。愛麗絲趕快閃身躲在樹叢後面看個究竟。

那僕人用手節骨在門上重重地敲着，開門的也是個僕人，穿着同樣的制服，有一張圓圓的臉和兩隻大眼，像隻青蛙。只見這兩個僕人的頭髮都向上盤起，臉上撲着厚厚的粉。愛麗絲感到很好奇，便從樹叢中爬出來一點兒，聽聽牠們在說些什麼。

那魚僕人從腋下拿出一封幾乎和牠身體一般大的信，交給從門裏出來的青蛙僕人，一本正經地傳話道：「致公爵夫人的信，王后邀請她去玩槌球遊戲。」

青蛙僕人同樣一本正經地重複了一次，只是改動了幾個字：

知識泉

槌球遊戲：在草地上玩的一種遊戲，以木槌擊木球進拱形小球門。

「王后來信，請公爵夫人玩槌球。」然後牠們倆互對着深深鞠躬，牠們的腰彎得這麼低，以至髮髻都纏在一起了。

愛麗絲感到太好笑了，只得再躲進樹叢後面，以免牠們聽到她的笑聲。等她笑完再轉身出來，一看，魚僕人已經走了，另一個僕人坐在門前的地上，仰起頭朝天發呆。

愛麗絲悄悄走到門前，敲了敲門。

「敲門是沒用的，」僕人説，「原因有兩個：首先，我和你都在門的這一邊；其次，他們在裏面大聲吵鬧，沒人會聽到你的敲門聲。」果然，門裏傳來驚人的喧鬧聲──連續的吼叫聲、打噴嚏聲，不時還夾雜着一聲「嘩啦啦」的巨響，好像是碟子或是罐子被打得粉碎。

愛麗絲問道：「那麼，請問我怎樣可以進去呢？」

僕人漫不經心地説：「假如有一道門在我倆中間，那麼你敲門可能還有些意義。譬如，你在裏面敲門，我可以開門讓你出來，你説對嗎？」

　　牠説話時一直抬頭望着天，對愛麗絲愛理不理的，愛麗絲總覺得這很不禮貌，但是她想：「也許牠不得不如此，牠的眼睛幾乎就長在頭頂上。但無論如何，牠總能回答我的問題。」於是她又高聲問道：「我怎麼進去呀？」

　　僕人説：「我一直坐在這兒，到明天……」

　　這時，屋子的門打開了，一個大盤子飛出來，直衝向那僕人的頭。幸好盤子只是擦着牠的鼻子飛過，撞在牠身後的一棵樹上，打得粉碎。

　　「或是，再過一天……」僕人繼續説下去，好像什麼事也沒發生。

　　「我怎樣才可以進去？」愛麗絲更大聲地又問了一次。

　　「你到底要不要進去呢？」僕人問，「這是首要問題，你知道嗎？」

　　當然是這樣，毫無疑問，只是愛麗絲不喜歡人家對她這麼説。她對自己咕嚕道：「這些傢伙跟人爭辯的方式真可怕，真會把人給逼瘋的！」

　　那僕人似乎覺得這是重複自己的話的好機會，這

次牠稍作了修改：「我會坐在這兒，日以繼夜，一直不停。」

「那麼我做什麼呢？」愛麗絲問。

「你想幹什麼就幹什麼。」僕人吹起口哨來。

愛麗絲絕望地想道：「唉，跟牠說是沒用的，牠十足是個傻瓜！」於是她就自己開了門走進去。

這道門直接通向一個大廚房，裏面瀰漫着油煙。公爵夫人抱着一個嬰孩，坐在當中一張三隻腳的凳子上；一個女廚子俯身站在爐台旁，正在攪動一大鍋湯。

「湯裏的胡椒粉一定放得太多了！」愛麗絲一邊說一邊打噴嚏。

空氣中確是有太多的胡椒味了，甚至公爵夫人也不時打起噴嚏來。那嬰兒呢，不是嚎啕大哭便是連打噴嚏，鬧個不休。廚房裏只有兩個不打噴嚏──廚子和一隻坐在爐邊咧嘴大笑的大貓。

「請你告訴我，」愛麗絲怯生生地說，因為她不知道自己先開口是否合適，「為什麼你的貓笑成這個樣子？」

公爵夫人回答説：「這是一隻柴郡貓，所以笑口常開。你這隻豬！」

最後這句她説得很兇，嚇得愛麗絲幾乎跳起來。但她立刻就發現那是對嬰兒説的，不是對她説。於是她又鼓起勇氣繼續説下去：

「我不知道柴郡貓是笑口常開的，其實我根本不知道貓會笑。」

「貓會笑的，大多數貓都會笑。」公爵夫人説。

「關於這些我一點也不知道。」愛麗絲很有禮貌地説，她很高興進入這一個話題。

公爵夫人説：「你知道得太少了，這是事實。」

愛麗絲不喜歡她説話的話氣，便想轉換話題。正在此時，女廚子把那鍋湯從爐火上移開，然後把她手頭的所有東西，一件件地向公爵夫人和嬰兒這邊扔過來──先是火爐用具，接着是一大堆鍋盆碗碟如雨點般跟着飛來。

公爵夫人一點也不在意，即使她幾次被擊中；那

嬰兒本來就在大哭，所以很難説他是不是被打痛了。

「喔，瞧瞧你在幹什麼呀！」愛麗絲嚇壞了，跳起來大聲叫道，「哎喲，他那寶貝鼻子差點兒沒了！」一隻巨大的煮食鍋在嬰孩面前飛過，幾乎削去他的鼻子。

公爵夫人粗聲粗氣地吼道：「如果人人只管自己的事情，地球就會比現在轉得快多啦！」

「那倒沒什麼好處，」愛麗絲很高興能有機會顯示自己的一點知識，「想想看，那樣的話白晝和黑夜會變成什麼樣子！你知道，地球圍繞着地軸自轉一圈要二十四小時……」

知識泉

地軸：地球自轉的軸線，與赤道平面相垂直。英語中「軸」（axis）與「斧頭」（axes）同音，所以後面公爵夫人提到「斧頭」。

公爵夫人説：「説到斧頭，把她的頭砍下來！」

愛麗絲很緊張地盯望着廚子，看她是不是明白公爵夫人的意思。幸虧廚子正忙着攪湯，似乎沒聽到公爵夫人在説什麼。愛麗絲就繼續説道：「我想是二十四小時，也許是十二小時？我……」

「噯，別來煩我了，我一向都受不了數目字！」

公爵夫人說完，又開始哄懷裏的孩子。她唱起一首搖籃曲，每唱完一句就把嬰孩狠狠地搖一下。

唱完後，公爵夫人把嬰兒拋給愛麗絲，說道：「給你！喜歡的話，你可以抱抱他！我該走了，要和王后一起玩槌球呢！」她急匆匆地離開房間，廚子把一隻煎鍋向她扔去，沒有打中。

愛麗絲好不容易才接住嬰兒，這真是一個奇形怪狀的小東西，他的手和腿向周圍亂伸亂動，「真像隻海星。」愛麗絲想。她抓住他的時候，這小東西正在打呼嚕，像蒸汽引擎般的隆隆作響；而且他時而縮作一團，時而又挺直身軀，所以在頭一兩分鐘內愛麗絲用盡力氣才能抓住他，不讓他掉在地上。

後來愛麗絲掌握了抱住他的正確方法，就馬上帶他跑到屋外。愛麗絲心想：「要是我不帶他走，一兩天內這孩子就會被她們弄死。把他留在這兒豈不等於謀殺他嗎？」愛麗絲大聲說出這最後一句時，懷裏的小東西發出「咕嚕咕嚕」的聲音作回答（他早已停止打噴嚏了）。愛麗絲對他說：「別再『咕咕嚕嚕』的了，這可不是表達自己的好辦法。」

　　嬰兒又「咕嚕」了一聲，愛麗絲焦慮地低下頭來看看他怎麼啦。毫無疑問，他長着一個十分明顯的朝天鼻，看上去倒像個豬鼻；兩隻眼睛特別小，不像嬰兒的眼睛。總的來說，愛麗絲一點也不喜歡這東西的長相。也許是因為他在哭泣吧，她想。於是她又看看他的眼睛是否有眼淚。

　　不，沒有眼淚。「注意聽着，親愛的！假如你變成了一頭豬，那我可不管你了！」愛麗絲嚴肅地說。

　　可憐的小東西又抽泣了一聲，他們默默地走了一段路，愛麗絲開始考慮一個問題：「我把這東西帶回家後怎麼辦呢？」這時那東西又粗聲粗氣地咕嚕了起來，愛麗絲低頭仔細看他的臉。這次可不會弄錯了：這的的確確是一頭豬。她覺得自己再這樣抱着他，簡直太可笑了。

　　於是愛麗絲就把他放到地上，望着他一聲不響地走進樹林。她對自己說：「假如他長大了，一定是個怪難看的孩子。我想，他還是當一頭豬好看些。」她開始把自己認識的孩子一個個回想起來，看看誰變成豬會好看些。心想：「如果有人知道怎樣把他們變

成……」忽然她看見那隻柴郡貓坐在離她幾碼遠的一棵樹上，使她吃了一驚。

那隻貓見了愛麗絲仍是咧着嘴笑。愛麗絲心想牠看起來還面善，不過牠有長長的爪子和許多的利牙，因此，她覺得還是對牠恭謹一些為好。

「柴郡貓，」她小心翼翼地開了口：不知道牠是不是喜歡這個稱呼。貓那正在笑的嘴咧得更開了。愛麗絲心想：「瞧，牠還是高興的。」便接着問：「請你告訴我，在這兒我該走哪條路呀？」

貓説：「那得看你想到哪兒去。」

「去什麼地方我倒無所謂。」愛麗絲説。

「那麼走哪條路也就無所謂了。」貓説。

愛麗絲解釋説：「只要能帶我到達某個地方的……」

貓説：「只要你能走得很遠，一定會到達某個地方的。」

愛麗絲覺得這句話無可辯駁，便改問別的：「這兒都住着些什麼人？」

貓伸出右爪指着説：「這個方向住着一個帽

匠，」又伸出左爪一指，「那個方向住着一隻三月兔。你喜歡去拜訪哪個都行，牠們兩個都是瘋子。」

愛麗絲說：「我可不想去見瘋子。」

貓說：「喔，那你無可選擇，我們這兒都是瘋子。我是瘋的，你也是瘋的。」

「你怎麼知道我是瘋的？」愛麗絲問。

「你一定是瘋的，不然你不會來這兒。」

愛麗絲覺得這個理由說不通，儘管這樣，她還是問道：「那你怎麼知道你自己是瘋的？」

「首先，狗不瘋，你同意嗎？」

愛麗絲說：「我想是吧。」

貓說下去：「好，那麼你看，一隻狗在生氣時吼叫，高興時翹尾巴；而我呢，我高興時吼叫，生氣時搖尾巴。所以我是瘋的。」

「你發出的是『嗚嗚』叫聲，不是吼叫。」愛麗絲糾正道。

「隨你喜歡叫它什麼，」貓說，「今天你陪王后打槌球嗎？」

「我很想，但沒有人邀請我。」愛麗絲說。

「過一會兒你能在那兒見到我。」說着牠就不見了。

愛麗絲對這並不感到驚訝，對這些稀奇古怪事，她已經習以為常了。當她凝望剛才貓蹲伏的那根樹枝時，牠突然又出現了。

「順便問問，那個嬰兒怎樣了？我差點忘了問。」貓說。

「他變成了一頭豬。」愛麗絲平靜地說，好像貓的突然回來是件極平常的事。

「我想他會這樣。」貓一說完又不見了。

愛麗絲等了一會兒，期待牠再次出現，可是牠沒有再來。一兩分鐘後愛麗絲就動身向三月兔住的方向走去，心想：「帽匠我以前見過了，三月兔一定有趣得多。而且現在是五月，牠不會那麼瘋吧，至少不會像在三月裏那麼瘋。」

她一抬頭，又見那隻貓坐在一根樹枝上。

「你剛才說的是豬，還是無花果？」貓問。

> **知識泉**
>
> 無花果：桑科植物，花隱於囊狀花托內，外觀只見果不見花，故有此名。英語中「無花果」(fig) 與「豬」(pig) 發音相似。

「我説的是豬，」愛麗絲回答説，「我希望你別再這樣突然出現又突然消失，把人弄得暈乎乎的。」

「好吧。」貓説。這次牠就慢慢地一點點消失：先消失尾巴尖，最後才消失笑臉。身體其他部分消失後，那張笑臉還持續了一陣子。

「嗨！沒有笑臉的貓我是常常見到的，但我從沒見過貓有張笑臉，這是件很奇怪的事！」愛麗絲想道。

走不多遠，她就見到三月兔的房屋了。她一看便知那是牠的房子，因為煙囪的形狀像長耳朵，屋頂上鋪着兔毛。房屋很大，愛麗絲起初不敢走近它，她把左手中的蘑菇咬了又咬，直到自己長到大約二呎高，才怯怯地走過去，心想：「希望牠不會太瘋狂！其實還不如去拜訪帽匠呢！」

六、瘋狂的茶會

房子前面的一棵樹下放着一張桌子，三月兔和帽匠正坐在那兒喝茶。他倆中間有隻冬眠鼠正呼呼大睡，他們索性把牠當作靠墊，手肘撐在牠身上，在牠的頭上方講話。愛麗絲心想：「這使冬眠鼠多麼不舒服呀！不過，反正牠睡着了，我想可能牠也不在乎。」

桌子很大，可是他們三個卻擠坐在一角。看見愛麗絲走過來，帽匠和三月兔齊聲叫道：「沒地方了！沒地方了！」

「地方有的是！」愛麗絲憤憤地說着，在桌子一端的一張大**圈椅**①裏坐了下來。

「喝點酒吧。」三月兔殷勤地說。

---

①**圈椅**：靠背和扶手接連成半圓形的椅子。

愛麗絲環顧全桌，除了茶以外什麼也沒有，便說：「我沒看見酒。」

「本來就沒有酒。」三月兔說。

愛麗絲很生氣地說：「沒有酒，卻請人喝酒，這不太禮貌吧。」

「沒被邀請就坐下來，你也不太禮貌吧。」三月兔說。

「我不知道這是你的桌子，桌上擺的茶具遠遠不止三份。」愛麗絲說。

「你的頭髮該剪了。」帽匠說。他一直好奇地注視着愛麗絲，這是他第一次開口說話。

「你應該學學不要對人評頭品足，這是很無禮的。」愛麗絲很嚴肅地說。

帽匠睜大雙眼聽她說，末了卻問：「為什麼烏鴉看起來像張書桌？」

「好啊！現在才有點意思了！真高興他們出謎語給我猜。」愛麗絲心想，便大聲說：「我相信我能猜出來。」

三月兔問：「你的意思是說，你認為你能解開這

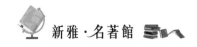

個謎？」

「正是這個意思。」愛麗絲説。

三月兔繼續問：「那麼你應該説説你的想法。」

愛麗絲急忙回答：「我説了，至少……至少我想的就是我説的，那是一樣的，你知道。」

「一點也不一樣！」帽匠説，「『我吃的東西我都看見』並不等於『我看見的東西我都吃』！」

三月兔也插嘴道：「這樣你也可以説，『我得到的東西我都喜歡』等於『我喜歡的東西我都得到』！」

那隻冬眠鼠好像在睡夢中説：「這樣你也可以説，『我睡覺的時候我呼吸』等於『我呼吸的時候我睡覺』！」

「對你來説這倒是一樣的。」帽匠説。談話停了下來，大家靜默了一分鐘，愛麗絲拚命在回憶自己對烏鴉和書桌知道得多少，可惜不太多。

帽匠首先打破靜默：

「今天幾號了？」他轉向愛麗絲問道。他從口袋裏掏出錶，憂心忡忡地對它望了望，搖了幾下，又放

在耳邊聽聽。

　　愛麗絲想了想回答道：「四號。」

　　「錯了兩天！」帽匠歎口氣説，「我告訴你，牛油是不行的！」他怒氣沖沖地對三月兔説。

　　三月兔溫和地答道：「那可是最好的牛油哩！」

　　帽匠咕噥説：「不錯，可是一定有點麵包屑掉進

去了，你不應該用切麵包的小刀來塗牛油的。」

三月兔神情憂鬱地拿起帽匠的錶看了看，把它放在自己的那杯茶裏浸了浸，又對它看看，只是重複剛才的話：「那是最好的牛油，你知道的。」

愛麗絲一直從牠肩膀上方好奇地注視着這一切，開口説：「多有趣的錶！它有日期，卻不顯示時間！」

帽匠喃喃道：「為什麼要顯示時間？你的錶向你顯示年份嗎？」

「當然不會，」愛麗絲脱口而出，「因為它在很長一段時間裏停留在同一年份內。」

「我的情況也是如此。」帽匠説。

愛麗絲給弄糊塗了。帽匠的話似乎沒什麼意義，但卻是地地道道的英語。她盡可能有禮貌地説道：「我不太明白你的意思。」

「這冬眠鼠又睡着了。」帽匠説，把一些熱茶倒在牠的鼻子上。

冬眠鼠不耐煩地搖搖頭，眼也不睜地説：「當然啦，當然啦，這正是我剛才想要説的。」

帽匠又轉向愛麗絲，問道：「那個謎語你猜出來了嗎？」

「沒有，我猜不出，告訴我答案吧。」愛麗絲說。

「我也不知道。」帽匠說。

「我也不知道。」三月兔說。

愛麗絲厭煩地歎口氣說：「我想你們應把時間花在有意義的事上，總比去猜一些不知謎底的謎語，浪費時間好得多。」

「假如你像我一樣了解時間的話，」帽匠說，「你就不會說浪費『它』，時間是『他』。」

「我不懂你的意思。」愛麗絲說。

「你當然不會懂的！」帽匠輕蔑地搖頭，「我敢說你從來沒和時間交談過！」

愛麗絲小心地回答說：「也許是沒有，但是我知道學音樂的時候要打拍子。」

「瞧！那就是了，」帽匠說，「他受不了你的拍打。你假如好好對待他，有關鐘點方面的任何事，他都會幫你做。譬如說，早上九點鐘正是開始要上課的

時間，你只要對時間悄悄說一聲，一轉眼時鐘就轉到一點半，到了用午飯的時間！」

「我真希望現在就是。」三月兔輕聲自語道。

「這倒不錯，」愛麗絲沉思道，「不過那個時候……我應該還不餓呢，你知道。」

「也許起初不覺得餓，可是你能隨心所欲地使時間停留在一點半，要多久就多久。」帽匠說。

愛麗絲問：「你就是這樣做的嗎？」

帽匠悲傷地搖搖頭回答道：「不是我！去年三月我和時間吵架了，就在他發瘋之前……你知道的（他用手中的茶匙指着三月兔）……那是在紅心王后舉行的一次大型音樂會上，他們要我唱：

一閃一閃小蝙蝠！
我怎知你為何辛苦！

「你知道這首歌的，不是嗎？」

「我聽過一首和這首差不多。」愛麗絲說。

帽匠接着說：「下面的歌詞是這樣的：

高高飛在天空中，

好像一隻茶碟樣，

一閃一閃——」

這時，冬眠鼠的身子動了一下，牠在睡夢中也唱了起來：「一閃一閃，一閃一閃，一閃一閃……」牠唱個不停，他們不得不掐牠一把來阻止牠。

帽匠繼續講下去：「我還沒有唱完第一段，紅心王后就跳起來大叫：『他在謀殺時間！砍掉他的頭！』」

「真是野蠻得可怕！」愛麗絲嚷道。

帽匠傷心地說：「從這以後，他就再也不依我的要求行事了！所以現在永遠是六點鐘。」

愛麗絲忽然**醒悟**①到什麼，問道：「是不是正為了這個原因，桌上才擺了這麼多茶具？」

「是的，正是這個原因，」帽匠歎息說：「永遠是用茶的時間，所以我們總沒空去洗杯碟。」

---

①**醒悟**：由模糊而清醒。

「我想，所以你們就一直圍着桌子轉着坐，是嗎？」愛麗絲問道。

「一點不錯，一個位置的茶具用過了，就轉到下一個位置上去。」帽匠說。

愛麗絲大膽追問：「那麼，當你們轉了一圈又回到起點時，怎麼辦呢？」

三月兔打着哈欠插嘴說：「我們換個話題吧，我都聽膩了。我提議請這位小姐給我們講個故事。」

愛麗絲被這個提議嚇了一跳，連忙說：「恐怕我一個也不會講。」

「那麼，冬眠鼠講！」他倆同聲叫道，還各在兩側掐了冬眠鼠一把：「醒醒！快醒醒！」

冬眠鼠慢吞吞地睜開雙眼，粗聲粗氣地說：「我沒睡着，你們說的每一句話我都聽見。」

「給我們講個故事吧！」三月兔說。

愛麗絲也懇求道：「是啊！講一個吧！」

「你要講得快點，不然你還沒講完就又睡着了。」帽匠補上一句。

冬眠鼠就急急忙忙開口講了起來：「從前有三個

姐妹，她們的名字叫愛爾絲、蕾思和泰莉，她們住在一口井的底部⋯⋯」

「她們吃什麼過日子？」愛麗絲問，她總是喜歡問一些有關吃喝的問題。

冬眠鼠想了一兩分鐘回答道：「她們吃糖漿過日子。」

「她們不能這樣的，你知道，」愛麗絲柔聲說道，「糖漿吃多了會生病的。」

「她們是病了，病得很重。」冬眠鼠說。

愛麗絲試着想像以這種不尋常的方式過日子將會是什麼樣子，她感到困惑不解，便又問道：「那她們為什麼住在井底呢？」

三月兔懇切地勸愛麗絲：「再多喝點兒茶吧。」

愛麗絲不高興地說：「我什麼也沒喝過，所以不能『再多喝點兒』。」

帽匠說：「你應該說，你不能少喝點兒。因為比『沒有喝』再多喝點兒，那是很容易的。」

「沒有人在徵求你的意見。」愛麗絲說。

「現在是誰在對別人評頭品足了？」帽匠以勝利

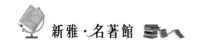

者的口吻説。

愛麗絲不知道該説什麼好，就喝了些茶，吃了些牛油麵包，然後又回頭問冬眠鼠：「她們為什麼住在井底？」

冬眠鼠又花了一兩分鐘思考這個問題，然後回答説：「那是一個糖漿井。」

「根本沒有這樣的井！」愛麗絲變得很生氣，但是帽匠和三月兔齊聲説：「噓！噓！」冬眠鼠也慍怒地説：「如果你這樣沒禮貌，那你就自己把故事講完吧。」

「不！不！請你講下去！」愛麗絲懇求牠，「我再也不打岔了，我敢説可能有那麼一口井。」

「確實有那麼一口井！」冬眠鼠忿忿地説，但牠還是接着講下去：「所以這三姐妹……她們在學習抽取……你們知道的……」

「她們抽取什麼？」愛麗絲問，完全忘了自己的承諾。

「糖漿。」這次冬眠鼠想也沒想就回答。

帽匠插嘴道：「我要一個乾淨的杯子，我們大家

都往前挪一個位置吧。」

說着他就移坐到旁邊的座位上去，冬眠鼠跟隨他移過去，三月兔就挪到冬眠鼠的位置，愛麗絲極不情願地坐到了三月兔的位上。從這次挪動中得益的只有帽匠，愛麗絲的境況大不如前，因為剛才三月兔把一個牛奶罐打翻在自己的碟子裏。

愛麗絲不想再得罪冬眠鼠，便小心翼翼地開口道：「可是我不明白，她們從哪裏抽取糖漿？」

帽匠說：「你能從水井裏抽水，那麼我想你一定能從糖漿井裏抽取糖漿啦。哎呀，真笨！」

愛麗絲決定不理會這句話，轉頭對冬眠鼠說：「但是她們已經在井裏了呀。」

「她們當然在井裏了。」冬眠鼠說。

這個回答使愛麗絲更糊塗了，便只好讓冬眠鼠繼續說下去，好長一段時間沒有打岔。

冬眠鼠接着講，一邊打哈欠一邊揉眼睛，因為牠實在是非常睏倦了：「她們正在學習抽取……抽取各種各樣的東西……各種以M字母開頭的……」

愛麗絲問：「為什麼是M開頭的？」

「為什麼不呢？」三月兔説。

愛麗絲無話可説。

這時冬眠鼠已經閉上眼睛，開始打盹了。但當帽匠一掐牠，牠便尖叫一聲醒了過來，繼續講道：「M字母開頭的東西，譬如捕鼠器、月亮、記憶、大同……就是當你説事物『**大同小異**①』時的『大同』……你見過抽取『大同』這樣的事嗎？」

愛麗絲感到十分困惑：「説實在的，現在你問我這個問題……我不認為我……」

「那你就不該開口説話。」帽匠説。

---

①**大同小異**：英語為「much of a muchness」，以 M 字母開頭。

愛麗絲不能忍受他這樣粗魯無禮地對待自己，便厭惡地站起身來走了。冬眠鼠即刻睡着了，其餘兩個一點也不在乎她的離去。儘管她回頭望了一兩次，有點希望他們會叫她回去。她最後回頭望一眼時，見到他倆正在把冬眠鼠塞到茶壺裏去。

「無論如何我再也不要來這兒了！」愛麗絲穿越樹林時對自己說道，「我這輩子從沒參加過這麼愚蠢的茶會呢！」

正說着，她看到一棵樹上有扇門可以走進去，心想：「這真奇怪！但是今天樣樣事情都很奇怪。我想我最好馬上走進去。」於是她走進了門。

她又來到那個長長的大廳，身邊還是那張玻璃桌子。「這次，我會做得好些。」她對自己說。於是她拿起桌上的那把小小的金鑰匙，打開了通往花園的門。然後她咬了一小口蘑菇。（她留了一塊在口袋裏），直到把自己縮到大約一呎高，就走了過去……她發現自己終於來到一個美麗的花園，置身於豔麗的花圃和清洌的噴泉之間。

～ 七、王后的槌球場 ～

花園入口處有一棵很大的玫瑰花樹，樹上盛開着白色的花朵，樹旁圍着三個花匠，正忙着把那些白玫瑰花塗成紅色。

愛麗絲心想這真是一件怪事，便走近些去看看他們。她剛走過去，就聽到其中一位說：「小心些，黑桃五！別總是這樣把油漆濺在我身上！」

黑桃五不高興地說：「沒辦法啊！黑桃七老是碰到我的胳膊。」

黑桃七聽了抬起頭來說：「好啊，黑桃五！你總是把過錯推到別人身上！」

「你最好別說話！」黑桃五說，「就在昨天我聽王后說你該被砍頭的！」

「為什麼呀？」第一個開口說話的問道。

「這不關你的事，黑桃二！」黑桃七說。

「是呀，這是他的事！」黑桃五說，「我要告訴

他……是因為把鬱金香的根當作洋蔥給了廚師。」

黑桃七把手中的刷子往地下一扔，說：「好吧，要說所有這些不公平的事……」他突然見到愛麗絲，她正站在後面看着他們，於是黑桃七馬上住了口，其餘兩個也回過頭來，他們都深深鞠了一躬。

愛麗絲有點羞怯地說：「請你們告訴我，為什麼要漆這些玫瑰花呀？」

黑桃五和黑桃七都不做聲，只是望着黑桃二。黑桃二低聲說：「嗯，是這麼回事，小姐你瞧，這裏本來應該種一棵紅玫瑰的，可是我們弄錯了，栽了白玫瑰。假如被王后發現了，我們的頭全會被砍掉。所以你看，小姐，我們就盡力在她來到之前……」

正在這時，一直警惕地張望花園動靜的黑桃五叫喊起來：「王后來了！王后來了！」三個花匠立刻將臉朝下，趴倒在地。這時傳來一陣紛雜的腳步聲，愛麗絲四下張望，急於想看看王后是什麼樣的。

首先出現的是十個手持棍棒的士兵，他們的體

形與那三個花匠一模一樣：扁扁的長方形身軀，手和腳長在四個角上；然後是十個侍臣，全身的服飾裝飾着紅方塊圖案，像士兵一樣兩個兩個並排地走着；後面是王室的孩子們，一共有十個，這些可愛的小精靈手牽着手，兩人一組快活地邊跑邊跳，他們身上的服飾是心形圖案。隨後是賓客，其中大部分是國王和王后，愛麗絲認出那白兔也在他們中間，牠在急速地説着話，神情緊張，走過愛麗絲身邊時也沒認出她來。

隨後而來的是**紅心傑克**[①]，他雙手捧着放在深紅絲絨墊上的國王的王冠；在這支浩浩蕩蕩隊伍的最後，出現的是：紅心國王和紅心王后！

愛麗絲不知道自己是不是要像那三個花匠一樣趴下，但她記不得也沒聽説過遊行出巡有這樣的規定，「何況，如果人人都得臉朝下趴在地上，那就看不到出巡了，出巡還有什麼用呢？」她想。所以她就站在原地等着。

當出巡隊伍走到愛麗絲跟前時，大家都停下來望

[①]**紅心傑克**：撲克中的衛士，紅心 J 紙牌。

着她。王后厲聲地向紅心傑克發問道：「這是誰？」但紅心傑克只是微笑着向她鞠躬作為回答。

「白癡！」王后罵着，不耐煩地搖了搖頭，然後轉向愛麗絲問道：「孩子，你叫什麼名字？」

「我叫愛麗絲，王后陛下！」愛麗絲恭恭敬敬地回答。轉念一想，她自言自語説：「哎呀，他們只不過是一副紙牌，我為什麼要怕他們呢？」

王后指着趴在玫瑰樹旁的三個花匠問道：「那麼他們又是誰？」因為他們臉朝下趴着，背上的圖案與那副牌裏的其餘牌一樣，所以王后看不出他們誰是花匠，誰是士兵，誰是侍臣，誰是她自己的三個孩子。

「我怎麼知道呢？這不關我的事！」愛麗絲説，不禁為自己的大膽感到驚訝。王后氣得滿臉通紅，她像頭野獸般惡狠狠地瞪了愛麗絲一眼，尖叫道：「砍掉她的頭！」

「胡扯！」愛麗絲堅決地大聲説，王后不做聲了。

國王伸手扶住王后的胳膊，怯聲説：「親愛的，想想吧，她只不過是個孩子！」

王后憤怒地轉身離開了他，對傑克說：「把他們統統翻過來！」

　　傑克照她說的做了，他小心地用一隻手去翻。

　　「起來！」王后尖聲高叫。三個花匠馬上跳起來，朝着國王、王后、王室子女和其他人一一鞠躬。

　　「行了，行了，別再鞠躬了，你們弄得我頭都暈了。」王后又尖叫。然後她回頭看看玫瑰樹，問道：「你們在這兒幹什麼？」

　　「王后陛下，」黑桃二以一條腿下跪，謙卑地說，「我們是在努力設法……」

　　「我明白了，」王后說。她已經仔細審視過那些玫瑰花，「砍掉他們的頭！」出巡隊伍繼續前進，三個士兵留下來處決那三個不幸的花匠。花匠跑向愛麗絲尋求保護。

　　愛麗絲說：「你們不應被砍頭的！」她把他們塞進身旁的一個大花盆裏，三個士兵找了一兩分鐘沒找到，就悄悄地跟着隊伍走了。

　　王后問：「砍了他們的頭了嗎？」

　　「報告王后陛下，三個花匠已經人頭落地了。」

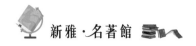

士兵們嚷道。

「很好！」王后説，「你會玩槌球嗎？」

士兵們不做聲，都望着愛麗絲。顯然，這個問題是問她的。

愛麗絲大聲説：「我會！」

「那就來吧！」王后大聲吼道。愛麗絲便加入了隊伍，不知等下會發生什麼事。

「今天……今天天氣真好啊！」一個細小的聲音在她身邊説。愛麗絲回頭一看，白兔走在她旁邊，正好奇地瞅着她的臉。

「是的，天氣很好……那公爵夫人在哪兒？」愛麗絲問道。

「噓！噓！」白兔急促地低聲説，牠不安地回頭張望，又踮起腳尖把嘴靠近她耳邊悄悄説：「她被判了死刑。」

「為什麼呢？」愛麗絲問。

「她打了王后一記耳光……」白兔説。愛麗絲「噗」地一聲笑了出來，白兔害怕地小聲説：「噓！王后會聽見的。你知道嗎？今天公爵夫人來晚了，王

后就説……」

「大家都站好位置！」王后吼聲如雷。人們都四下跑開，他們互相碰撞，亂作一團。幾分鐘後總算安定了下來，球賽開始了。

愛麗絲生平從沒見過這樣奇怪的球場：到處是高低不平的溝渠和土堆，槌球是一隻隻活的刺蝟，而用的槌棒是活的紅鶴；士兵們則彎着腰，手腳着地做成拱形的球門。

知識泉

紅鶴：鶴的一種，頭小頸長，嘴長而直，腳細小，羣居或雙棲，常在河邊捕食魚和昆蟲。

愛麗絲碰到的第一個困難是不知該如何對付她的紅鶴。她好不容易把牠夾在臂下，讓牠的腿向下垂着，這個姿勢倒還算舒服；可是，當她把牠的長脖子理直，捏住牠的頭準備去打刺蝟時，牠就扭轉脖子盯着她看，牠那困惑的神色使愛麗絲禁不住笑出聲來。當她按下牠的頭準備再出擊時，可恨那活刺蝟打了個滾，正向別處爬去。

不僅如此，當她想把刺蝟打出去時，總發現通往球門的路上有土堆或溝渠擋着，而那些彎腰而站的士兵也往往伸直身體走到別處去。於是愛麗絲很快就得

出結論：這確是一場贏得很艱難的球賽。

參賽者都不依次序地亂打，一直在吵架和爭奪刺蝟。沒過多久，王后就發怒了。她大步流星地走來走去，差不多每分鐘都在大叫：「砍下他的頭！」或是「砍下她的頭！」

愛麗絲也開始擔心了：到目前為止，她還沒和王

后吵過架，但她知道這事遲早會發生。她想：「到那時，他們會怎樣對待我呢？這兒的人這麼喜歡砍人的頭，真不明白怎麼還有人能活下來！」

她想找一條路逃走，考慮如何能不被人看見而脫身。忽然她注意到半空中出現一個奇怪的東西，起初她弄不懂那是什麼，看了一兩分鐘後她認出那是一張笑臉。於是她對自己說：「這是柴郡貓，現在我總算有了談話的對象了。」

等到貓的嘴差不多全顯現出來後，牠才開口說：「你過得怎麼樣？」

愛麗絲等到貓的眼睛也出現之後，才點了點頭。她想：「現在跟牠說話沒用，等牠的耳朵出來吧，起碼要有一隻。」過了一分鐘，整個貓頭都顯現了，愛麗絲便放下手中的紅鶴，開始向牠講述這場球賽。她很高興有人能聽她講。柴郡貓似乎認為自己顯現頭部就已經夠了，便不再繼續顯現。

愛麗絲向牠抱怨道：「我覺得他們玩得一點兒也不公平，還吵得那麼可怕，弄得誰也聽不見誰說什麼。看來他們並沒有一定的遊戲規則，如果有，也沒

人遵守。你絕對想不到這裏所有的東西都是活的，真是麻煩！比方說，我接下來該攻入的球門，現在卻在場地的另一頭閒逛；剛才我本該打中王后的刺蝟，可是不知是不是牠一看見我來就跑掉了？」

「你喜歡王后嗎？」貓小聲問。

「一點也不喜歡，」愛麗絲說，「她真是非常的⋯⋯」這時她發現王后正站在她後面聽着，便改口說，「她一定會贏，所以不值得把這場球賽打完。」

王后微笑着走了過去。

「你在跟誰說話？」國王向愛麗絲走來，驚訝地望着空中的貓頭。

「我的朋友，一隻柴郡貓。請允許我介紹⋯⋯」愛麗絲說。

「我一點也不喜歡牠的模樣。」國王說，「不過，如果牠願意，牠可以親親我的手。」

「我情願不要。」貓說。

「別這樣沒禮貌，也別這樣望着我！」國王說着，走到愛麗絲身後去。

「貓是可以望着國王的，」愛麗絲說，「我在一

本什麼書上讀到過，但我忘了是在哪兒。」

「喔，一定要把牠除掉，」國王堅決地說。他叫住了剛走過去的王后：「親愛的，我希望你把這隻貓除掉！」

王后解決大大小小的難題只用一個方法，她看也不看就說：「砍掉牠的頭！」

國王急切地說：「我親自去找劊子手來。」他急匆匆地走了。

愛麗絲心想她應該回球場去，看看球賽進行得怎樣了。老遠她就聽見王后在大發脾氣尖叫，聽說有三個人因為輪到時忘了打而被判處死刑。愛麗絲完全不喜歡這種事情。見到比賽進行得這麼混亂，也搞不清什麼時候輪到她打，她就跑去找自己的刺蝟。

她的刺蝟正和另一隻刺蝟扭在一起打架。對愛麗絲來說這倒是個好機會，可以利用這一隻來打另一隻。問題卻在於，她的紅鶴跑到花園的另一頭去了。愛麗絲看見牠正試圖飛上一棵樹，卻怎麼也飛不上去。

等到愛麗絲抓住紅鶴，把牠帶了回來，兩隻刺

蝟的戰鬥已經結束，牠們不知跑到哪兒去了。愛麗絲想：「這也不大要緊，球場這邊的球門也早走開了。」她把紅鶴夾在腋下，不讓牠逃掉，然後去找她的朋友説説話。

當她回到柴郡貓那兒時，驚訝地發現有一大羣人圍着牠。劊子手、國王和王后在進行一場爭辯，他們都同時在説話，其餘的人靜靜地聽着，顯得很不安的樣子。

愛麗絲一出現，三人就請她來解決問題。他們爭相把自己的觀點講給她聽，可是他們每個人都滔滔不絕，説個不停，愛麗絲實在聽不明白各人在説些什麼。

劊子手的論點是：如果沒有一個帶着頭的身體可以讓他把頭砍下來，那麼單砍一個頭是不可能的。他從來沒做過這樣的事，他這把年紀不想嘗試這種新鮮事兒。

國王的論點是：凡是有頭的東西總是可以砍頭的，別再説這些廢話了。

王后的論點是：如果不能立刻把這事辦妥，她就

要把這裏所有的人都處死。這最後一句話，使在場的人都不寒而慄。

愛麗絲想不出什麼好辦法，只得説：「這貓是公爵夫人的，你們最好去問問她該怎麼辦吧。」

「她在監獄裏，快去把她帶來。」王后對劊子手説，劊子手箭也似的飛跑而去。他一走，貓的頭就開始淡化，等到他帶了公爵夫人回來，貓頭就完完全全消失了。國王和劊子手發瘋似的跑來跑去四處尋找，而其餘的人都回到球場去繼續比賽了。

～ 八、假烏龜的故事 ～

「你不會想到我再次見到你是多麼高興啊！親愛的老朋友！」公爵夫人親熱地把自己的手插進愛麗絲臂下，兩人一起走着。

見她這般熱情，愛麗絲滿心歡喜，心想在廚房那兒見她那麼野蠻的樣子，也許是胡椒粉的緣故吧。

愛麗絲對自己說：「如果我成為一位公爵夫人的話，我的廚房裏絕對沒有胡椒粉，不放胡椒粉的湯也很好喝呀……可能正是這胡椒粉，使得人們脾氣暴躁。」她為自己發現了一條新規律而沾沾自喜，並繼續往下想：「所以呢，醋把人變得酸溜溜的，甘菊使人尖酸刻薄，而……而麥芽糖之類的東西，就使小孩子變得這麼甜蜜可愛。我真希望人們懂得這個道理，這樣他們給我們吃糖時就不會

> **知識泉**
>
> 甘菊：一種有香味的植物，花狀如雛菊，曬乾後之甘菊花和葉作藥用。
>
> 麥芽糖：糖的一種，白色晶體，是飴糖的主要成分，用來製糖果或藥品。

那麼小器了，你知道的⋯⋯」

愛麗絲想着想着，幾乎忘了身邊的公爵夫人，所以當她聽到耳邊響起公爵夫人的聲音時，不禁嚇了一跳。公爵夫人說：「你在想心事，親愛的，所以你忘了說話了。關於這點有一個什麼道德教訓的，可我一時忘了，我想我很快能想起來的。」

「也許這裏根本就沒有什麼道德教訓。」愛麗絲大膽地說。

「嘖嘖嘖！小孩子別瞎說！任何事情都有道德教訓，只要你善於去找。」說着，她更挨近愛麗絲了。

愛麗絲不喜歡和她這麼接近，一來因為公爵夫人長得很醜，二來是因為她的高度正好讓她可以把自己的下巴靠在愛麗絲肩上，她那尖尖的下巴弄得愛麗絲很不舒服。不過愛麗絲不想表現出無禮，所以她盡可能地忍着。「現在的賽事進行得比剛才好多了。」愛麗絲說。

「確是如此，」公爵夫人說，「這裏的道德教訓是：哦，是愛，是愛，使世上萬物運轉！」

愛麗絲小聲說：「有人說，那是由於各人自掃門

前雪！」

「啊，意思都差不多！」公爵夫人說，並把她那尖尖的小下巴重重壓在愛麗絲的肩膀上，「這裏的道德教訓是：『多動腦筋，説話才有分寸。』」

「她怎麼這樣喜歡在每件事中尋找道德教訓啊！」愛麗絲想。

「我敢説你一定在想，為什麼我不用手臂抱住你的腰，」公爵夫人停頓了一下又説道，「因為我不了解你手裏那隻紅鶴的脾氣。讓我來試驗一下好嗎？」

「牠會咬你的。」愛麗絲小心地答道，一點也不希望她做這個試驗。

「對啊！紅鶴和芥末都咬人。這裏的道德教訓是：『物以類聚，人以羣分。』」

芥末可不是鳥啊！」愛麗絲説。

「不錯，一般來説是這樣，」公爵夫人説，「你解釋事情可真清楚！」

「我想，芥末是一種礦物。」愛麗絲説。

知識泉

芥末：芥菜籽磨成的粉末調味品，味辣，也叫芥黃。

　　「當然是了，」公爵夫人說。看來愛麗絲說什麼她都同意，「這兒附近有一個很大的芥末礦。這當中的道德教訓是：『我得到的越多，你得到的就越少。』」

　　「噢，我知道了！」愛麗絲叫道，她突然想起來，「芥末是一種植物，雖然它看起來不像，但它確實是植物！」

　　「我非常同意你說的，」公爵夫人說，「這裏的道德教訓是：『你看來是什麼樣的便成什麼樣』，或者你喜歡說得簡單點，那就是：『永遠別認為自己不是別人心目中以前你曾有過的那種樣子或是也許有過的樣子或是你現在的樣子對他們來說是完全不同的樣子。』」

　　愛麗絲很客氣地說：「我想，這些話要是能寫下來，我就會明白些，現在你這麼說，我聽不大懂。」公爵夫人得意地說：「這算得了什麼，要是我高興我還能……」

　　「請你千萬別費神說更長的句子了。」愛麗絲急忙說道。

「喔，那是一點兒也不費事的！我把今天所說的話統統送給你作禮物！」公爵夫人說。

「唷，這種禮物太便宜了吧！真高興他們不會把這作為生日禮物！」愛麗絲想，可是她沒有膽量把這些話大聲說出來。

「又在想心事了？」公爵夫人問，又用她的尖下巴戳了愛麗絲一下。

「我有思考的權利。」愛麗絲不客氣地回答說，她開始覺得有點兒不耐煩了。

「這就好比說，豬有飛的權利。這裏的教訓……」公爵夫人說。

說到此，令愛麗絲大大吃驚的是，公爵夫人還沒把她那心愛的「教訓」一字說完，她的聲音就消失了，勾住愛麗絲的臂膀也顫抖起來了。愛麗絲抬頭一看，原來王后站在她們面前，交叉着雙手，臉色陰沉得好像雷霆暴雨般。公爵夫人低聲下氣地開口說：「今天天氣真好啊，陛下！」

王后用力跺着腳，咆哮道：「現在我給你嚴正警告：你，或是你的頭必須立即去掉！你自己選擇

吧！」公爵夫人作出了選擇，立即消失了。

「讓我們繼續玩球吧。」王后對愛麗絲説。愛麗絲嚇得一句話也説不出來，只得跟在她後面慢慢走回球場。

趁王后不在的時候，其餘的賓客都躲在樹蔭下休息，一見王后回來，他們馬上跑回原位。王后説如果有片刻延誤，他們就要付出性命的代價。

遊戲進行的過程中，王后不斷與他們吵嘴，叫喊着「砍掉他的頭！」或是「砍掉她的頭！」。被她定了罪的人就交給士兵監禁，這些士兵就不能再當球門，所以半個小時以後場上一個球門也沒了。除了國王、王后和愛麗絲以外，其餘玩球的人都被定了死罪而監禁起來了。

最後王后也停了下來，氣喘吁吁地問愛麗絲：「你見過假烏龜嗎？」

「沒見過，我甚至不知道什麼是假烏龜。」愛麗絲説。

「就是用來做假龜湯的東西。」王后説。

知識泉

假龜湯：英國的一種湯，以牛頭或內臟等廉價材料製作，用以模仿用真龜製成的龜湯。

「我從來沒見過，也沒聽説過。」愛麗絲説。

「那麼來吧！」王后說道，「牠會把自己的故事說給你聽的。」

當他們一起離開這兒時，愛麗絲聽見國王低聲對大家説：「你們都被赦免了。」愛麗絲對自己説：「好，這倒不錯！」因為王后下令處決這麼多人，使她覺得十分難過。

> **知識泉**
>
> 格里芬：希臘神話中一種鷹頭獅身、帶有翅膀的怪物。

他們一會兒就來到一個叫做格里芬的怪獸那裏。格里芬正躺在陽光下熟睡。王后對牠説：「快起來，懶東西！帶這位小姐去看假烏龜，聽牠講牠的歷史。我要回去監督我下令的死刑執行情況。」説完她就走了，留下愛麗絲獨自和格里芬在一起。

愛麗絲不大喜歡這怪物的樣子，可是她想，與牠在一起總比跟隨那野蠻王后安全得多，所以她就留下來了。

格里芬坐了起來，揉揉眼睛，望着王后消失在視線之外，便咯咯地笑着説：「真好笑！」這話一半對

牠自己，一半對愛麗絲説。

「什麼事這樣好笑？」愛麗絲問。

「就是她唄！她盡在幻想，你知道，其實他們從沒處決過任何人。來吧！」格里芬説。

「這裏人人都説『來吧！』，我這輩子從沒被人這麼使喚過，從來沒有！」愛麗絲心想。

他們走了沒多久，就遠遠見到假烏龜坐在一塊岩石上，孤獨又悲傷。

當他們走近時，愛麗絲聽見牠在深深地歎息，就像牠的心快要碎了似的。她很同情牠，便問格里芬：「什麼事使牠這麼傷心啊？」

格里芬回答的詞語幾乎和剛才一樣：「牠盡在幻想，你知道，其實牠一點兒傷心事也沒有。來吧！」

於是他們走到假烏龜身旁，見牠眼淚汪汪地瞧着他們，一言不發。

格里芬説：「這位小姐想知道你的歷史。」

「讓我來告訴她，」假烏龜悶聲悶氣地説，「你們兩位都坐下，在我沒講完前別説話。」

於是他們都坐了下來，有好幾分鐘誰也沒開口。

愛麗絲心想：「假如牠一直不開始説，我真不知道牠什麼時候才能説完呢。」可是她還是耐心地等待。假烏龜終於開口了，牠長歎一聲説：「從前，我是一隻真的烏龜呀！」

接着又是長時間誰也不出聲，其間只有格里芬時而冷得打噴嚏的聲音和假烏龜不停的哭泣聲打破靜默。愛麗絲幾乎要站起身來説：「先生，謝謝你講了一個有趣的故事。」但是她很想知道下面的故事，所以她仍然坐着，不發一言。

「當我們小的時候，」假烏龜終於繼續講下去，雖然牠還在不時啜泣，但已鎮靜多了，「我們到海裏的學校去上學。我們的老師是一隻老烏龜，我們常叫他陸龜先生……」

「為什麼你們叫他作陸龜先生，如果他不是的話？」愛麗絲問。

「我們稱他陸龜先生是因為他教我們，你真笨！」假烏龜生氣地説。

「你提出這樣簡單的問題，應當感到羞愧！」格里芬也插嘴道。然後牠倆靜靜地坐在那裏望着愛麗

絲，使她恨不得有條地縫可以鑽下去。

後來格里芬對假烏龜說：「繼續說吧，老兄！別整天纏這個了！」假烏龜接着說下去：「是的，我們到海裏去上學，可能你不相信這……」

「我從來沒說我不相信！」愛麗絲打斷牠的話。

「你說了！」假烏龜說。

「你住嘴！」格里芬不讓愛麗絲再說什麼，假烏龜就繼續講：

「我們受到最好的教育……事實上，我們每天上學……」

「我也曾天天上學，你不用這麼神氣。」愛麗絲說。

「有額外的選科嗎？」假烏龜問，稍有些不安。

「有，我們學法語和音樂。」愛麗絲說。

「也學洗衣嗎？」假烏龜問。

「當然沒有！」愛麗絲憤憤地回答說。

「哈！所以你那學校不是一所真正的好學校，」假烏龜鬆了一口氣說，「在我們學校裏，每年賬單的最後都寫着：『法語、音樂和洗衣——額外交費

的。』」

愛麗絲説：「你們住在海底，並不太需要洗衣的。」

假烏龜歎了一口氣説：「我負擔不起這些科目的學習費用，所以只學了正規課程。」「什麼是正規課程？」愛麗絲問。「一開始當然是『賭』和『瀉』①，然後是各門算術：『夾法』、『鉗法』、『沉法』和『醜法』。」

「我從沒聽説過什麼『醜法』，那是什麼？」愛麗絲壯着膽子問。

格里芬驚訝得舉起兩隻爪子：「什麼？從來沒聽説過『醜法』！我想，你總知道什麼是美化吧？」牠企圖向她解釋。

「知道，美化的意思……是……是使……事物變得……漂亮。」愛麗絲猶豫地説。

「好，那麼，假如你不明白醜法是什麼，你就是個大笨蛋。」格里芬説。

---

① **「賭」和「瀉」**：即「讀」和「寫」，假烏龜發音不準而讀錯，下面的「夾、鉗、沉、醜」即「加、減、乘、除」。

　　愛麗絲覺得自己沒有勇氣再問下去，便轉向假烏龜說：「除此之外，你們還學些什麼？」

　　「還有神秘學，」假烏龜回答道，一邊數着自己的爪趾：「古代的和現代的神秘學，還有海洋學和柔軟體操。柔軟體操的老師是一條老鰻魚，每星期來一次，教我們慢行、伸展和蜷曲。」

　　「那是什麼樣的？」愛麗絲問。

　　「唉，可惜我不能做給你看，我太僵硬了，而格里芬又沒學過。」假烏龜說。

　　「因為沒時間，」格里芬說，「不過我上過古典老師的課，他是一隻老螃蟹，真的。」

　　「我從來沒上過他的課，」假烏龜歎息着說，「他們說他教『**大笑**』和『**悲傷**』[①]。」

　　「是的，是的。」格里芬說，這次輪到牠歎息了。然後牠倆用爪子掩着臉。

　　愛麗絲急忙改變話題：「那你們一天上幾小時

[①]「**大笑**」和「**悲傷**」：應是「拉丁文」（Latin）和「希臘文」（Greek），英語中發音近似「大笑」（laughing）和「悲傷」（grief）。

課？」

「第一天上十小時，第二天九小時，照這樣算下去。」假烏龜説。

「真是個奇怪的安排！」愛麗絲説。

「所以他們把這叫作『課程』，因為一天比一天『減少①』。」格里芬解釋説。

對愛麗絲來説這可是個新鮮事兒，她想了一會兒説：「那麼，到了第十一天你們就放假了？」

「當然是了。」假烏龜説。

「那麼到了第十二天，你們怎麼辦呢？」愛麗絲好奇地追問。

格里芬堅決地打斷了她的話：「課程説得夠多了，現在告訴她關於遊戲的一些事吧。」

---

①**減少**：英語中 lesson（課程）和 lessen（減少）發音相似。

❧ 九、龍蝦的方塊舞 ❧

假烏龜深深歎了一口氣，用一隻爪背擦眼睛。

牠望着愛麗絲想説什麼，但是啜泣了一兩分鐘都説不出話來。

格里芬説：「好像有根骨頭卡在牠的嗓子裏。」牠就搖晃假烏龜的身子，並在背上敲了幾下。假烏龜終於恢復了嗓音，繼續往下説，與此同時淚水不斷滾滾流下牠的雙頰：

「可能你沒在海底住過吧……也許你從沒認識過一隻龍蝦……所以你就不會知道龍蝦的方塊舞是多麼有趣！」

「的確不知道，那是什麼樣的一種舞？」愛麗絲問。

格里芬説：「唔，首先要在海邊站成一行……」

「兩行！」假烏龜叫道，

知識泉

方塊舞：由四對舞者組成一個方形陣式的舞蹈。

「有海豹、海龜、鮭魚等
等；然後，當你們把路上
所有的水母清理掉⋯⋯」

格里芬插嘴說：「這通常要花費一些時間。」

「⋯⋯你向前進兩次⋯⋯」

「每人都有一隻龍蝦作舞伴！」格里芬嚷道。

「當然，」假烏龜說，「前進兩次，與舞伴面
對面⋯⋯」格里芬接着說：「交換龍蝦，再按同樣程
序回到原位。」

「然後，你知道嗎，」假烏龜說，「你要扔
那⋯⋯」

「那些龍蝦！」格里芬跳
起來叫喊。

「⋯⋯盡可能地遠遠
扔到海裏去⋯⋯」

「游 過 去 追 牠
們！」格里芬尖叫。

「在 海 裏 翻 個 筋
斗！」假烏龜高叫着，

還狂野地跳來跳去。

　　「再次交換龍蝦！」格里芬用牠的最高音喊着。

　　「回到岸上，這是舞蹈的第一組動作。」假烏龜説，突然降低了聲音。剛才發了瘋似地蹦來跳去的這兩個生物，現在悲傷又安靜地坐在那兒，望着愛麗絲。

　　「這個舞蹈一定很好看。」愛麗絲小聲説。

　　「你想看看其中一個片段嗎？」假烏龜問愛麗絲。

　　「的確很想。」愛麗絲説。

　　「來，我們來跳第一組！」假烏龜對格里芬説，「沒有龍蝦我們也能跳，你知道。誰來唱呢？」

　　「喔，你唱吧，

我忘了歌詞。」格里芬説。

　　牠們就圍着愛麗絲開始一本正經地跳起舞來，轉了一圈又一圈，離她太近時還常常踩到她的腳趾。牠們一邊跳，一邊揮着前爪打拍子，假烏龜緩慢而悲傷地唱了起來：

　　鱈魚對蝸牛説：「你能走快一點嗎？」
　　「有隻海豚緊跟着我們，踩到我的尾巴。
　　瞧那些龍蝦和海龜多麼興致勃勃地在前進！
　　牠們在沙灘上等着⋯⋯你願來一起跳嗎？
　　你願，你不願，你願，你不願，
　　你願來一起跳嗎？
　　你願，你不願，你願，你不願，
　　你願來一起跳嗎？」
　　「你可能真的不知道那是多麼開心，
　　當牠們把我們高舉和龍蝦一起拋到海裏！」
　　但是蝸牛回答道：「太遠了，太遠了！」
　　並不悦地瞥牠一眼，
　　説謝謝鱈魚的好意，但牠不願一起跳舞。

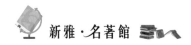

不願，不能，不願，不能，不願一起跳舞。

不願，不能，不願，不能，不願一起跳舞。

「我們被拋得遠又何妨？」

牠那位多鱗的朋友答道。

「海的那一邊還有一個岸，你知道。

離英國越遠就越近法國⋯⋯

所以不用怕得臉色蒼白，親愛的蝸牛，

來和我們一起跳。

你願，你不願，你願，你不願，

你願來一起跳嗎？

你願，你不願，你願，你不願，

你願來一起跳嗎？」

「謝謝你們，真是個很有趣的舞蹈，」愛麗絲說，心裏很高興它終於結束了：「我很喜歡那首關於鱈魚的好玩的歌！」

「噢，說起鱈魚，」假烏龜說，「牠們⋯⋯你當然見過牠們的，是吧？」

「是的，我常常在餐⋯⋯上見過牠們⋯⋯」愛麗絲及時阻止自己説出「餐桌」一詞。

「我不知道『餐⋯⋯上』是什麼地方，」假烏龜説，「既然你常常見到牠們，一定知道牠們是什麼樣的。」

「我想我知道，」愛麗絲思索着回答，「牠們的尾巴塞在嘴裏⋯⋯全身是麵包屑。」

「關於麵包屑這點你弄錯了，」假烏龜説，「麵包屑在大海裏會全被沖掉的。可是牠們的尾巴是塞在嘴裏的，這是因為⋯⋯告訴她原因和所有的事吧。」牠對格里芬説。

「這是因為，」格里芬説，「牠們會和龍蝦一起跳舞，所以就會被扔到海裏去。所以牠們會落得很遠。所以牠們就把尾巴緊緊塞在嘴裏。所以牠們的尾巴就再也拿不出來了。就是這樣。」

「謝謝你，」愛麗絲説：「這真有趣！對鱈魚我以前從沒知道得那麼多。」

「你想聽的話，我還能告訴你更多。」格里芬説，「你知道牠為什麼叫作鱈魚嗎？」

「我從沒想過，告訴我為什麼呀？」愛麗絲說。

格里芬很嚴肅地回答：「因為牠們能擦靴子和鞋子。」

愛麗絲聽不明白，滿腹狐疑地重複牠的話：「牠們能擦靴子和鞋子？」

「我問你：你的鞋是用什麼擦的？我的意思是，是什麼使它們光亮如潔？」格里芬問。

愛麗絲低頭看看自己的鞋，想了一會兒才答道：「我想是用黑鞋油擦的吧。」

格里芬用低沉的聲音說：「在海底，我們的靴子和鞋子是用**鱈魚**[①]擦的，現在你知道了吧。」

「那牠們是用什麼做的呢？」愛麗絲好奇地問。

「當然是鰈魚和鰻魚呀，任何一隻蝦都能回答你的問題。」格里芬很不耐煩地回答她。

「假如我是那鱈魚，」愛麗絲說，她的思緒仍停留在那首歌

[①]**鱈魚**：英文中的 whiting 同時有鱈魚和擦亮東西用的白堊粉之意。

上，「我會對那隻海豚説：『請你留在後面，我們不要你跟來！』」

「牠們一定要有海豚跟着的，聰明的魚到哪兒都有海豚跟着。」假烏龜説。

「真的是這樣嗎？」愛麗絲十分驚異地問道。

「當然是真的，」假烏龜説，「你瞧，假如有條魚來告訴我説，牠要出外去旅行，我就會問牠『和什麼海豚一起去？』」

「你的意思是問『什麼**目的**①』吧？」愛麗絲説。

「我説什麼就是什麼，」假烏龜生氣地回答。格里芬接着説：「來，讓我們聽聽你的探險故事吧。」

「我可以把我的探險故事講給你們聽……是從今天早上開始的，」愛麗絲怯生生地説道，「但是回到昨天是沒用的，因為那時的我是另一個人。」

「請你把所有這些解釋清楚。」假烏龜説。

「不，不！先講探險故事，」格里芬不耐煩地

---

①**目的**：英文中，「目的」purpose 和「海豚」porpoise 發音相近。

説，「解釋會很花費時間的。」

於是愛麗絲就從她初次見到白兔時講起，把她這一天的經歷原原本本地告訴牠們。起初她有些緊張，因為這兩隻動物一邊一個靠得她這麼近，而且把眼睛和嘴巴都張得這麼大；但是她講着講着，就漸漸的膽子大起來了。她的兩位聽眾一直很安靜地聽着，直到她講到自己對毛毛蟲背誦《你老了，威廉爸爸》這首詩，而背出來的詞句卻完全不同時，假烏龜深深吸了一口氣説：「這真是十分奇怪。」

「真是奇怪得再也不能更奇怪了。」格里芬説。

假烏龜若有所思地重複説：「背得完全不同！我想現在就聽聽她唸點什麼。叫她開始唸吧。」牠望着格里芬説，好像牠認為格里芬對愛麗絲有着某種權威似的。

「站起來，背那首《這是懶人之聲》。」格里芬説。

愛麗絲想：「這些生物真會指使別人，還叫人背功課！這真像是在學校裏呢。」但是她還是站了起來，開始背誦。因為她腦中仍想着龍蝦方塊舞的事，

所以她根本沒察覺自己在唸什麼，背出來的字句都是古古怪怪的：

這是龍蝦的聲音，我聽見牠在說：
「你們把我烤得太焦了，我要用糖來梳頭髮。」
就好比鴨子用眼瞼，
牠用牠的鼻子調整皮帶和鈕扣，扳轉腳趾頭。

格里芬說：「這跟我小時候唸的很不一樣。」

「嗯，我從來沒聽過這首詩，聽來盡是些可笑的廢話。」假烏龜說。

愛麗絲什麼也沒說，坐下來把臉埋在雙手之間，心想不知何時所有的事都能恢復正常。

「我希望你能把這首詩解釋一下。」假烏龜說。

「她不會解釋的，背下一首吧。」格里芬連忙說。

但假烏龜還堅持追問：「牠那腳趾到底是怎麼回事？牠怎麼能用鼻子扳轉腳趾頭的？你知道嗎？」

「那是跳舞時的第一種姿勢。」愛麗絲說。但她

腦中對整個事情全然感到一片混亂，真想改變一下話題。

格里芬感到很不耐煩，再次催她：「唸下一首詩吧，開頭一句是『我走過他的花園』。」

雖然愛麗絲知道背出來的一定又都是錯的，但她不敢不服從，聲音顫抖着又接着背：

我走過他的花園，一隻眼睛剛好看到，

貓頭鷹和黑狗怎樣在分享一塊餡餅⋯⋯

「假如你不加以解釋的話，總是重複唸這些莫名其妙的東西有什麼用呢？這是我所聽過的最費解的詩了！」假烏龜打斷了她的背誦。

「是啊，我也覺得你最好別背了。」格里芬説。愛麗絲巴不得如此呢。

格里芬繼續説：「我們來試試下一節龍蝦方塊舞好嗎？或者，你想聽假烏龜為你唱一支歌嗎？」

「喔，如果假烏龜肯賞面的話，請唱一支歌吧！」愛麗絲急切地答道，這冒犯了格里芬，牠不大

高興地説：「哼！真沒有品味！好吧，老朋友，給她唱一首《烏龜湯》吧！」

假烏龜深歎一口氣，抽抽搭搭地開始唱了起來：

鮮美的湯，濃稠又碧綠，
盛在大大的湯碗內！
面對如此美食，誰不食指大動？
夜晚的湯，鮮美的湯！
夜晚的湯，鮮美的湯！
　　鮮⋯⋯美⋯⋯的⋯⋯湯！
　　鮮⋯⋯美⋯⋯的⋯⋯湯！
夜⋯⋯晚⋯⋯的⋯⋯湯，
　鮮美的、鮮美的湯！

鮮美的湯！誰還在乎魚、遊戲，
或其他豐盛菜餚？
誰會不願付出一切只為
能嘗到些許鮮美的湯？
能嘗到些許鮮美的湯？

　　鮮……美……的……湯！

　　鮮……美……的……湯！

夜……晚……的……湯，

　鮮美的、鮮美……的湯！

　　「再來一次合唱！」格里芬叫道，於是假烏龜張口重複唱。這時，遠處傳來喊聲：「審判要開始啦！」

　　「來吧！」格里芬高叫道，不等歌唱完，拉着愛麗絲的手匆匆離開。

　　「審判什麼案件啊？」愛麗絲邊跑邊喘着氣問。但是格里芬只答道：「跟我來！」跑得更快了。

　　在他們身後，微風中隱隱傳來漸漸消失的憂鬱歌聲：

夜……晚……的……湯，

　鮮美的、鮮美的湯！

十、誰偷了餡餅？

當他們抵達法庭時，看見紅心國王和王后都坐在寶座上，四周圍了一大羣觀眾——各種各樣的鳥類和獸類，還有整副紙牌。

衛士傑克站在他們面前，戴着鐐銬，兩邊各有一名士兵看押着。國王旁邊是白兔，一手拿着支喇叭，一手握着一卷**羊皮紙**[1]文件。法庭正中央有張桌子，上面放着一大盤餡餅，看上去十分美味，惹得愛麗絲飢腸轆轆。她想：「希望他們早點審完這案子，把這些點心分給大家吃！」但是看來遇上這種機會的可能性不大，所以她就開始打量身邊的事物來消磨時間。

愛麗絲以前從沒到過法庭，卻在書本上讀到過有關法庭的描述，所以她很高興地發現這裏差不多每樣東西的名稱她都知道。「那是法官，因為他戴着假

---

[1]**羊皮紙**：用羊皮做成的像紙的薄片，用於書寫。

髮。」她對自己説。

其實法官就是國王，他把王冠戴在假髮上面，他的樣子看上去很不舒服，當然也極不相稱。

愛麗絲心想：「那一定是陪審團席，那十二個生物，我想一定是陪審員啦。對不起，我只能稱牠們為生物，因為你看，牠們之中有的是獸類，有的是鳥類。」她把「陪審員」這詞重複説了兩三次，感到非常得意：因為她想，像她這般年紀的小女孩中沒有幾個會懂得這個詞的意義的。無論如何，即使是説「陪審團的」也是可以的。

那十二個陪審員正忙着在石板上寫字。「牠們在幹什麼呢？開審之前有什麼好寫的？」愛麗絲悄聲問格里芬。

格里芬也小聲回答道：「牠們正在把自己的名字寫下來，怕牠們在審判結束之前就忘了自己的姓名。」

「笨蛋！」愛麗絲忍不住大聲罵出口，但她馬上住了嘴，因為那白兔高聲叫道：「保持法庭肅靜！」

知識泉

石板：一種文具，用薄的方形板岩製成，周圍鑲木框，用石筆在上面寫字。

國王戴上他的眼鏡四下張望，看看是誰在説話。

愛麗絲從陪審員的肩頭望過去，清楚地見到所有的陪審員都在自己的石板上寫着「笨蛋！」兩字。她甚至可以看到其中一個不知道「笨」字怎麼寫，不得不向牠旁邊的陪審員請教。「這樣下去，不等審判結束，牠們的石板就要被寫得一塌糊塗了！」愛麗絲想。

知識泉

石筆：用滑石製成的筆，用來在石板上寫字。

一個陪審員的石筆在書寫時在石板上發出吱吱的響聲，愛麗絲當然不能忍受這可怕的聲音，她就繞過法庭走到牠身後，瞄準機會從後面把牠手中的石筆迅速抽掉。她的動作那麼快，以至那個可憐的小陪審員（就是比爾，那隻小蜥蜴）根本弄不懂究竟發生了什麼事。牠到處找不到石筆，只得用自己的一隻手指在石板上畫着。但這樣做一點也沒用，因為石板上什麼痕跡也留不下來。

「傳令官[1]，宣讀罪狀！」國王下令道。

---

[1]傳令官：傳達國王命令的官員。

白兔接令後，舉起喇叭吹了三聲，然後展開手中的羊皮紙文件唸了起來：

紅心王后，烘製餡餅，

　在一個炎炎夏日；

紅心傑克，去偷餡餅，

　把它們全部帶走！

「考慮作出你們的判決吧！」國王對陪審團説。

白兔急忙打斷他的話：「還不到時候呢！判決之前還有很多事要做！」

「傳第一個證人上來！」國王説。

於是白兔又把喇叭吹了三次，然後高聲喊道：「傳第一個證人！」

第一個證人就是那個帽匠，他進來的時候一隻手拿着一杯茶，另一隻手握着一塊牛油麵包，開口説道：「陛下，請原諒我帶了這些進來，因為傳令我來的時候，我們的茶還沒喝完。」

「你們早應該喝完的，」國王説，「你們什麼時

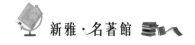

候開始喝的？」

這時，三月兔和冬眠鼠手挽手進入法庭。帽匠望着三月兔説：「我想是三月十四號吧。」

「十五號！」三月兔説。

「十六號！」冬眠鼠説。

「記下來！」國王對陪審團説。陪審員急忙把這三個日子寫在石板上，再把它們加起來，化成先令和便士。

「脱下你的帽子。」國王對帽匠説。

知識泉

先令：英國貨幣單位，值十二便士，為一鎊的二十分之一。

便士：英國、愛爾蘭等國的輔助貨幣，一種銅幣，值十二分之一先令。

「那不是我的帽子。」帽匠説。

「偷來的！」國王嚷道，並向陪審團望了一眼。陪審員們馬上把這一事件記錄下來。

帽匠補充一句似乎想解釋清楚：「我留着帽子是出售的，我自己一頂帽子也沒有，我是個帽匠。」

這時王后戴上眼鏡，盯着帽匠看，嚇得他臉色蒼白，馬上變得侷促不安。

國王説：「現在説説你的證詞。別那麼緊張，不

然我就當場處決你。」

這句話一點也沒能壯這個證人的膽。他不停地移動着雙腳，不安地望着王后，慌亂中他把茶杯當作牛油麵包，咬下了一大塊。

正在此時，愛麗絲有一種古怪的感覺，使她很困惑。過了好大一會兒她才明白發生了什麼事：原來她又在開始變大。起初她想立刻離開法庭，轉念一想決定留在原處不動，只要有足夠的空間給她坐。

坐在她旁邊的冬眠鼠說：「希望你別再擠我了，我連氣都透不過來了。」

「我沒辦法呀，我正在長大。」愛麗絲溫和地說。

「你沒有權利在這兒長大。」冬眠鼠說。

「別胡說！」愛麗絲大膽反駁，「你知道你也是在長大呀。」

「我是在長大，不過是以正常的速度在長，誰像你這樣發瘋似的。」說着，冬眠鼠憤憤地站起來，走到法庭的另一頭去了。

在這段時間裏，王后一直盯望着帽匠，沒移開

過她的目光。當冬眠鼠穿過法庭時，她對法庭的一名官員下令説：「把上一次音樂會上演唱者的名單給我！」帽匠一聽就嚇得發抖，他抖得那樣厲害，甚至連腳上的一雙鞋也抖落了下來。

國王生氣地重複説：「説説你的證詞，否則我就要處決你，不管你緊張不緊張。」

帽匠聲音顫抖着開始説道：「我是個可憐的人，陛下！我剛開始喝茶……還不到一個星期……牛油麪包變得越來越薄……而且那茶會閃亮……」

「什麼東西閃亮？」國王問。

「那是由茶開始的。」帽匠回答。

「我當然知道『**閃亮**①』是T開始的！你當我是個傻子？講下去！」國王厲聲説。

「我是個可憐的人，」帽匠繼續説下去，「自此以後，絕大部分東西都閃亮了……只是三月兔説……」

「我沒説！」三月兔急忙插嘴説。

---

①**閃亮**：英語中「閃亮」（twinkling）以T開頭，而「茶」（tea）讀音近似T。

「你說了！」帽匠說。

「我否認！」三月兔說。

「牠否認了，略過這部分。」國王說。

「好吧，無論如何冬眠鼠說過……」帽匠繼續說着，擔心地向四周望望，看看是否又要被否認。但是冬眠鼠沒有否認，因為牠早已睡着了。

帽匠接着說下去：「自此以後，我又切了一些麵包，塗了些牛油……」

「可是，冬眠鼠說了些什麼呢？」一位陪審員問道。

「我記不起來了。」帽匠說。

「你必須記起來，不然我就處決你。」國王說。

可憐的帽匠丟下他的茶杯和麵包，跪下一條腿請求道：「我是個可憐的人，陛下！」

「你這張笨嘴倒是真可憐。」國王說。

這時，一隻天竺鼠情不自禁地叫好，但是牠即刻被法庭的警衛鎮壓下去。愛麗絲看到他們是這麼鎮壓的：他們有個很大的帆布袋，袋口有繩子可以束緊。他們把天竺鼠頭朝下地塞進了袋子，然後坐在袋上。

「真高興今天我看見他們這樣做，」愛麗絲想，「我常常在報紙上讀到，在審判結束的時候，『有些人想拍手叫好，但即時被法庭警衛鎮壓住』，現在我才明白它的意思。」

「如果你知道的就是這麼些，你可以退下去了。」國王對帽匠説。

「我不能再退得更下了，因為事實上我現在已經在地板上了。」帽匠説。

「那麼你可以坐下去。」國王回答説。

另一隻天竺鼠又叫好，也被鎮壓下去了。

「瞧，天竺鼠都完了！」愛麗絲想，「現在審判可以進行得好一些了。」

「我想我還是去喝完我的茶吧。」帽匠戰戰兢兢地望着王后説，這時王后正在唸那些歌手的名單。

「你可以走了。」國王説。帽匠急忙離開法庭，甚至來不及穿上他的鞋。

「到門外砍掉他的頭！」王后吩咐一名官員説。但是還沒等那官員跑到門口，帽匠早就消失得無影無蹤。

「傳下一個證人！」國王説。

下一個證人是公爵夫人的女廚子，她手裏拿着一瓶胡椒粉。她還沒踏進法庭，愛麗絲就猜到是她，因為靠近門口坐着的人都開始打噴嚏了。

「説出你的證詞。」國王説。

「我不。」女廚子説。

國王望着白兔，手足無措。白兔低聲對他説：「陛下應該盤問這個證人。」

「好吧，假如我應該問，我就應該問，」國王神情憂鬱地説。於是他雙臂交叉在胸前，皺起眉頭望着廚子，直到雙眼瞇得幾乎看不見了，才用低沉的聲音問道：「餡餅是用什麼做的？」

「主要是胡椒粉。」女廚子説。

「是糖漿。」她身後發出一個睡意矇矓的聲音。

「抓住那隻冬眠鼠，」王后尖聲喊叫，「砍掉牠的頭！把牠趕出法庭！鎮壓牠！掐牠！拔掉牠的鬍鬚！」

為了趕走冬眠鼠，整個法庭陷入一片混亂達數分鐘之久。等他們重新安定下來的時候，那女廚子已經

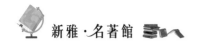

不知去向。

國王鬆了口氣，說：「沒關係！傳下一個證人！」然後他又悄聲對王后說：「說真的，親愛的，下面這個證人該由你來盤問。這些事搞得我頭都痛了！」

愛麗絲望着白兔在名單上笨拙地找來找去，很好奇地想知道下一個證人會是誰。她心想：「到目前為止，他們還都沒得到什麼證據呢。」

設想一下她會是多麼吃驚——當她聽到白兔用牠那尖細的嗓音高聲叫出一個名字：「愛麗絲！」

∽ 十一、愛麗絲的證詞 ∽

「到！」愛麗絲叫道。慌亂中她完全忘了過去幾分鐘裏她已經長得多麼大了，所以當她急急忙忙跳起來時，她的裙襬竟打翻了整個陪審席，以致使那些陪審員也人仰馬翻，都跌倒在下面的觀眾頭上。這情形使愛麗絲回憶起一星期前，她不小心打翻一個金魚缸的情景。

「喔，真對不起！」她驚慌地叫道，立刻動手儘快地把牠們撿起來。因為那次打翻金魚缸的事記憶猶新，她隱約覺得自己必須馬上把牠們撿起來放回到陪審席上，否則牠們就會死去。

「審判無法進行，」國王莊嚴地宣布，「要等到所有的陪審員都回到自己原來的位置上……所有的陪審員！」他強調着重複説了一次，同時眼光嚴厲地盯着愛麗絲。

愛麗絲看着陪審席，發現自己在匆忙之中竟把

比爾頭朝下地放顛倒了，致使這可憐的小東西悲慘地搖着牠的尾巴，絲毫動彈不得。愛麗絲連忙把牠拿了起來，重新放正。心中對自己説：「這也沒什麼關係！我看牠在這次審判中頭朝上或朝下，都沒什麼分別。」

等到陪審團的官員們從摔倒的驚慌中稍稍平復過來，各自找回了牠們的石板和石筆，便努力寫下這一歷史性意外事件的全過程。只有小蜥蜴比爾是例外，牠似乎受驚過度，什麼都做不了，只是張着嘴坐在那裏，望着天花板發呆。

國王問愛麗絲：「你對這件事情知道多少？」

「一無所知。」愛麗絲答道。

「什麼都不知道嗎？」國王追問。

「什麼都不知道。」愛麗絲説。

「這很重要。」國王轉向陪審團説。陪審員們正要把這寫在石板上，白兔插嘴説：「陛

下，您的意思自然是説不重要啦。」牠説話的語氣雖然顯得很恭敬，但卻皺着眉頭，還做了個鬼臉。

「不重要，自然啦，我的意思是不重要。」國王連忙説，然後獨自小聲嘀咕着：「重要……不重要……重要……不重要……」好像在試試哪個詞聽起來更好。

一些陪審員寫下了「重要」，另一些寫下了「不重要」。愛麗絲把這一切看得清清楚楚，因為她站得很近，能看到牠們的石板。但她心想：「不過寫什麼都無關緊要。」

正在這個時候，一直在忙着記筆記的國王忽然高叫：「肅靜！」然後就一邊看着他的簿子一邊宣讀：「第四十二條規定：身高超過一英里的所有人必須離開法庭。」

大家都看着愛麗絲。

「我沒有一英里高。」愛麗絲説。

「你有。」國王説。

「差不多有兩英里高呢。」王后補充説。

「不管怎樣，我是不走的，」愛麗絲説，「而

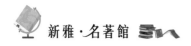

且，那不是一條慣例，是你剛剛編造出來的。」

「這是書裏最古老的一條規定。」國王説。

「那麼它應該是第一條才對呀。」愛麗絲説。

國王的臉頓時變得煞白，他合上手中的簿子，轉向陪審團，顫抖着低聲説：「考慮作出你們的判決吧。」

白兔急忙跳起來説：「陛下，還有更多的證據呢。這張紙就是剛才拾到的。」

「上面寫着什麼？」王后問。

「我還沒有打開，」白兔説，「看上去是一封信，是那犯人寫給……寫給某人的。」

「肯定是這樣的，」國王説，「除非它是一封不寫給任何人的信，那是不尋常的，你知道。」

一個陪審員問道：「上面寫着給誰的呢？」

「上面沒寫地址，」白兔説，「實際上外面什麼也沒寫。」牠邊説邊打開紙，接着説：「喔，這根本不是一封信，是幾段詩。」

「是犯人的筆跡嗎？」另一個陪審員問道。

「不，不是的。」白兔説，「這正是最奇怪的一

點。」陪審員個個都顯出困惑的樣子。

「他一定是摹仿別人的筆跡。」國王說。陪審員馬上個個都顯出恍然大悟的樣子。

衞士傑克開口說:「國王陛下,我沒寫這個,他們也不能證明是我寫的,後面也沒有簽名。」

「如果你沒有簽名,事情就更加糟糕。」國王說,「你一定是存心要幹壞事害人,否則你就應該像個誠實人那樣簽上自己的名字。」

國王的這番話引起大家一片掌聲,這是國王今天頭一次說出真正聰明的話。

「這就證明他有罪。」王后說。

「這根本證明不了什麼!」愛麗絲說,「你瞧,你們甚至還沒弄清楚這上面寫了些什麼!」

「把它們讀出來!」國王說。

白兔戴上牠的眼鏡,問道:「我從哪兒開始呢,國王陛下?」

「從頭開始,」國王威嚴地說,「一直唸下去,唸到結束的地方就停止。」

於是,白兔就唸了下面這幾段詩:

他們告訴我說你曾去見她，

　　並向他提到我：

她誇我品行好，

　　但說我不會游泳。

他告知他們我還沒走

　　（我們都知道這是事實）：

如果她繼續不放手，

　　你將會怎樣？

我給她一個，他們給他兩個，

　　你給我們三個或更多；

他把它們全還了給你，

　　雖然本來全是我的。

假如我和她不巧

　　陷入此事跑不了，

他相信你會給予他們自由，

　　正如我們以前那樣。

我認為你曾經是

　（在她大發脾氣之前）

他和我們自己和它之間

　存在的一個障礙。

別讓他知道她最愛他們，

　因為這必須成為

你我兩人之間

　不為他人所知的一個秘密。

國王搓着雙手說：「那是我們目前聽到的最重要的證據，所以現在可以讓陪審團……」

「如果他們之中有人能解釋一下，」愛麗絲說，「我會付他六個便士。我不相信這裏面有什麼含義。」現在她長得那麼大，所以一點也不怕打斷國王的話。

所有的陪審員都在他們的石板上寫下了「她不相信這裏面有什麼含義」，但是沒有人試圖解釋這紙上的內容。

「假如這裏面沒有什麼含義，」國王説，「那就省下好多麻煩，你知道，我們就不用去找出什麼含義來。不過，現在我還不肯定……」他把那張寫着詩句的紙攤在雙膝上，用一隻眼睛瞄着，繼續説道：「我好像從裏面看出點含義來了……『説我不會游泳……』你不會游泳吧，你會嗎？」國王問傑克。

傑克憂慮地搖搖頭，説：「你看我的樣子像會游泳嗎？」（他當然不會游泳，因為他完全是用紙板做的。）

「好吧，到目前為止很好，」國王説，繼續喃喃地自顧自地唸着這些詩：「『我們都知道是事實……』那當然是指陪審團啦……『我給她一個，他們給他兩個……』哼，這一定是他在分配那些餡餅了，你知道……」

「可是，下面接着是『他把它們全還了給你』。」愛麗絲説。

國王指着桌上那些餡餅，得意地説：「對啊，它們都在那兒！再也沒比這更明白的了。接着是……『在她大發脾氣之前……』」他對王后説：「我想你

新雅·名著館

是從來不發脾氣的，親愛的，對嗎？」

「從來不！」王后怒氣沖沖地説着，隨手抓起一個墨水瓶向小蜥蜴扔過去。（這不幸的小比爾早就停止了用一隻手指在石板上寫字，因為牠發現什麼也沒寫出來；但是現在牠馬上又開始寫了，用的是正從牠臉上不斷流滴下來的墨水，能用多久就寫多久。）

「那麼，這些話對你就不適用，」國王説，微笑着環視法庭一周。法庭裏死一般寂靜。

國王生氣地加上一句：「這是一句**雙關**[①]笑話！」大家就哈哈笑了起來。

「讓陪審團考慮他們的判決吧。」國王説，這句話他今天説了大概有二十遍了。

「不，不！」王后説，「先處決，再判決。」

「胡説八道！」愛麗絲高聲叫道，「怎麼能不先判決就處決呢！」

「你住嘴！」王后氣得臉色發紫。

「我偏不！」愛麗絲説。

[①]**雙關**：用詞造句時表面上是一個意思，而暗中隱藏着另一個意思。

「砍掉她的頭！」王后用盡全身力氣尖叫，可是沒人動彈。

「誰理睬你們？」愛麗絲說，（她現在已經長回到原來的尺寸了）「你們只不過是一副紙牌而已！」

聽到她這句話，所有的紙牌騰空飛了起來，再飛落到她的頭上。愛麗絲驚呼一聲，又生氣又害怕，急急用兩手去擋開它們⋯⋯

愛麗絲發現自己躺在河岸邊，頭枕在姐姐的大腿上。姐姐正在把落在她臉上的枯葉輕輕地拂去，並在叫她：

「醒醒，親愛的愛麗絲！哇，你這一覺睡得真是又長又甜！」

「喔，我剛才做了一個多麼奇怪的夢！」愛麗絲說。於是她就把自己所遇到的奇妙經歷，也就是你剛剛讀到的故事，盡自己所記得的講給姐姐聽。

當愛麗絲講完後，姐姐吻了吻她，說：「這的確是個奇怪的夢，親愛的！但是現在你得趕快跑回家去喝茶，時間不早啦！」

於是愛麗絲站起身來往家跑去。一邊跑一邊還在

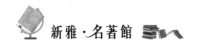

想：這真是一個奇妙的夢啊！

可是她的姐姐等她走了以後還是坐在那裏，用手撐着頭，望着太陽西沉，心中想着小愛麗絲和她那神奇的夢中經歷。想着想着，她也在矇矓中進入夢境，下面就是她所夢見的：

首先，她夢見了小愛麗絲自己，又一次坐在那裏，兩隻小手緊緊抓住她的膝蓋，用那雙明亮清澈的眼睛熱切地望着她的眼——她可以聽到愛麗絲那獨特的説話腔調，並且看見她把頭一甩的可愛動作——那是因為有綹頭髮總是飄到前面來遮住她的眼，她就不時要把它甩回去。

當愛麗絲的姐姐在注意聆聽時，聽着聽着，她周圍的景物鮮活起來，她妹妹夢中的古怪動物似乎都一一出現。

她腳下的長長青草發出沙沙聲，那是因為白兔匆匆跑過；受了驚嚇的老鼠鑽入鄰居的水池，倉皇逃走；她可以聽到三月兔和牠的朋友們在享受那永不結束的茶餐時杯盞碰撞的叮噹聲；王后下令處決她那些不幸賓客的尖叫聲……豬寶寶又在公爵夫人膝蓋上打

噴嚏了，在他們身旁杯碟亂飛和砸地的碎裂聲；又一次響起了格里芬的尖嗓音；小蜥蜴的石筆在石板上劃過的刺耳噪聲；天竺鼠被「鎮壓」時發出的沉悶聲……混合着遠處可憐的假烏龜的抽泣聲，統統瀰漫在空中。

她就那樣坐着，閉着雙眼，矇矓中似乎相信自己也進入了奇境。她知道只要自己一睜開眼，周圍一切就會恢復到枯燥無味的現實世界——青草的沙沙聲只是由於風的吹動，水池的濺水聲是蘆葦搖曳而產生的，杯碟的叮噹聲原來是羊兒頸脖的銅鈴聲，王后的尖叫聲則變成了牧童的哨音……而嬰兒的噴嚏、格里芬的

知識泉

蘆葦：多年生草本植物，生在水邊，莖中空、光滑，可以編蓆造紙，地下莖可入藥。

高叫，以及所有那些其他古怪聲音都變成了（她知道會變的）那邊忙碌的農莊發出的種種喧鬧聲……遠處牛羣的陣陣低鳴，取代了假烏龜的啜泣聲。

最後，她又在自己腦海中勾畫出一幅圖畫來：她看到自己的這個小妹妹在以後的日子裏如何成長為一個成年婦人，如何在那些逐漸成熟的歲月裏仍然保持

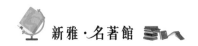

着一顆單純仁愛的童心；如何在她身邊聚集了一羣小孩子，她講了許多稀奇古怪的故事，聽得他們眼睛發亮，好奇心大發，也許她講的故事裏就有多年前她自己那奇妙的夢境呢；她又如何與孩子們同悲同樂同喜同愁，永遠憶起自己的童年生活，和那些充滿歡樂的夏日時光。

~❧ 結束 ❧~

復活節的祝福——給所有喜歡愛麗絲的兒童們

親愛的孩子們：

　　如果可能的話，請你想像一下：你正在展讀一封信，一封真正稱得上是信的信，是你見過面的一位朋友寫給你的。讀信的時候，你彷彿能聽見他在真誠地祝你復活節快樂的聲音，正如我現在正全心全意祝福你一樣。

　　你是否有過這樣的體會：夏日清晨，你從睡夢中醒來，一切是那麼甜蜜醉人！窗戶敞開，微風拂面，傳來小鳥的啁啾聲。你半閉着雙眼，懶洋洋地躺在牀上，好像還處身於夢境中，見到在風中搖擺的樹枝，池水在金色陽光下碧波粼粼，美得像一首詩一幅畫，使人感動得想流淚，體會到一種令人心碎的快樂。難道不是你母親那溫柔的手為你拉開窗簾，是你母親那親切甜美的聲音把你喚醒的嗎？起牀吧，在明媚的陽

光下你會忘掉昨夜那可怕的惡夢，你將享受另一個快樂的日子。你別忘了感謝先前那位看不見的朋友，正是由於他的衷心祝福，為你帶來了美麗的朝陽！

這些奇怪的話竟是出自寫出愛麗絲故事的作者之口？這是一本荒謬可笑的書中的一封古怪的信嗎？可能如此吧。有些人可能會責怪我把嚴肅和快樂的事如此混淆在一起；另有些人卻可能認為，除了星期天在禮拜堂以外，人們若只談嚴肅的事是很奇怪的。但我卻說不，我肯定孩子們會帶着溫柔的心情滿心喜歡地來讀這本書，正如我寫這本書時的心情一樣。

因為我不相信上帝要我們有兩種生活：星期天擺出嚴肅面孔，其他日子裏卻連祂的名字也不能提及。

難道你認為上帝只愛看跪着的人們，只愛聽禱告的聲音，而不會同時愛看陽光中蹦跳的羊兒，愛聽兒童在乾草上打滾嬉戲的喧鬧聲？你是否認為在上帝耳中，兒童純真的笑聲是和從莊嚴教堂中傳出的讚美詩同樣悅耳甜美？

我的書是為我衷心喜愛的孩子們寫的。這些書的故事荒謬但有正面娛樂作用，除此以外若是還有別的

意思，那必定是我希望以後面對上帝時，我能為回顧我寫的內容無憾且無愧。（到那時，生命中該回顧的事一定很多！）

親愛的孩子們，復活節的陽光將照耀着你，你會感受到充溢於四肢的生命力，急切盼望着衝進早晨清新的空氣中去。在你這一生，你還會有多多少少的復活節來了又去，直至你兩鬢皆白、顫顫巍巍走出屋子才能享受和煦陽光⋯⋯

當然，你的歡樂也可來自想像。可能在某一天，你會見到一個更光燦的黎明，在那一天你見到的景象將比搖擺的樹枝和波光粼粼的水面更為動人心弦，因為那天是天使的手拉開了窗簾，是比母親更甜美的聲音喚醒你；而且在那一天，世界上的一切罪惡、一切憂傷，都將如昨夜的惡夢一般被人遺忘得一乾二淨！

你摯愛的朋友　路易斯·卡洛爾
一八七六年復活節

小仙子寫給兒童的聖誕節祝福語

親愛的小姐：

　　如果小仙子可以暫時放棄淘氣的詭計和惡作劇的遊戲，那就是萬眾同樂的聖誕節到了。

　　我們聽孩子們說，很久以前，在一個聖誕節，上天給我們喜愛的溫柔的孩子捎來一個訊息。隨着聖誕節降臨，他們依然記得，歡樂的聲音也依然在迴盪：「平安降臨大地，善心歸於眾人。」但是，必須是如孩童般純真的心靈才能寄居如此神聖的客人。在兒童們的歡呼聲中，降臨在他們身上的是一整年的聖誕節。

　　因此，暫時忘掉詭計和遊戲，親愛的小姐，假如可以的話，我們祝你：聖誕快樂，新年快樂！

一八八七年聖誕節

愛麗絲和姐姐坐在河岸邊，忽然間，一隻穿着背心、在自言自語的白兔從愛麗絲身邊跑過。愛麗絲緊追過去，跟着兔子鑽進了地洞，不斷往下跌。

開端

1. 愛麗絲來到一個有很多扇門的大廳。她喝了桌上一瓶東西，使整個人縮得很小，接着吃了一塊小蛋糕，卻使自己變大得頭頂碰到天花板。愛麗絲大哭起來，眼淚幾乎把大廳淹了一半。後來發現兔子的扇子可使自己縮小。

2. 愛麗絲的眼淚變成了眼淚池。她和很多動物努力游向岸邊，上岸後又遇到兔子。

3. 愛麗絲在兔子家喝了一小瓶東西後不斷長高，塞滿整個房子，動彈不得。

4. 兔子和牠的僕人拿石子擲向愛麗絲，石子跌落地上變成蛋糕。愛麗絲吃了蛋糕後縮小了，於是跑出房間，逃到密林裏。

發展（一）

故事脈絡梳理

愛麗絲夢遊仙境

發展（二）	1. 愛麗絲在一棵大蘑菇上看到一條正在抽水煙的毛毛蟲。她吃了蘑菇，調整了自己的身高。 2. 愛麗絲進了公爵夫人的房子。公爵夫人趕着去跟王后玩槌球，把自己抱着的嬰兒拋給愛麗絲。愛麗絲抱着嬰兒走出屋外，嬰兒變成一頭豬，走進樹林。 3. 愛麗絲加入三月兔、帽匠和冬眠鼠的茶會，可是她聽不明白他們的話，於是離去。 4. 愛麗絲來到一個花園，看到紙牌花匠正把白玫瑰花塗成紅色，紅心王后氣得要砍掉花匠的頭，之後要愛麗絲一起去玩槌球。 5. 國王、王后和劊子手為了砍掉柴郡貓的頭而爭辯起來。 6. 法庭正在審理衛士傑克偷餡餅的案件，白兔傳召證人作供，包括愛麗絲。愛麗絲反對王后要先處決再判決，指出他們只不過是一副紙牌。這時，所有紙牌騰空飛起，愛麗絲急忙用手去擋。
結局	愛麗絲發現自己躺在河岸邊，頭枕在姐姐的大腿上。她把自己的奇妙經歷告訴姐姐，姐姐似乎也夢見愛麗絲經歷的種種奇幻事情。

1. 天真活潑的小女孩，富有好奇心，跟隨兔子鑽進地洞，看到漂亮的花園就想去花園玩，積極地在未知的世界四處探索，與不同動物對話，聽牠們講故事等。

2. 善良，有同情心，見到紅心王后因為小事就要砍掉花匠的頭，她幫花匠藏起來，讓士兵找不到他們。

3. 誠實，率直，而且富有正義感，她在法庭上忍不住説陪審團是笨蛋，又勇敢地反對紅心王后先處決再判決。

4. 喜歡炫耀自己的知識，不過經常會出錯。

5. 適應力強，雖然一開始曾因自己的身體變得太大而哭起來，但是很快接受了自己在這個奇怪的空間裏會忽然變大和縮小的不尋常情況。

愛麗絲

人物形象分析

愛麗絲夢遊仙境

白兔	1. 長着一對粉紅色眼睛，身穿禮服背心，背心口袋裏有一隻懷錶。
	2. 行蹤神秘，忽然出現，又忽然消失，匆匆忙忙地趕時間。
	3. 非常膽小，愛麗絲輕聲跟牠說話也會嚇到牠。
	4. 欺善怕惡，牠對僕人很兇惡，容易發怒，可是很害怕公爵夫人和王后，生怕得罪她們。

| 紅心王后 | 1. 紙牌王國的掌權人，紅心國王也要聽她的話。 |
| | 2. 暴躁，經常動怒、發脾氣，不講道理，常常說要砍掉別人的頭，所有人都很怕她。 |

公爵夫人	1. 長得很醜，脾氣暴躁，野蠻，沒有耐性，會下令砍人的頭。
	2. 兇惡地對嬰兒大聲說話，又粗魯地哄他。後來把嬰兒拋給愛麗絲，自己出門去和王后玩槌球。
	3. 不考慮他人感受，把自己尖尖的下巴靠在愛麗絲肩上，不管別人是否舒服。
	4. 總要在說話或行為之中找出道德教訓。

主題思想

小女孩愛麗絲跟隨兔子鑽進地洞，展開了一段奇幻荒誕、曲折離奇的歷險旅程。在未知的世界裏面勇敢地探索和前進，就像我們在成長過程中也是向一個未知的世界前進。應該保持好奇心，勇於探索，勇於面對未知的未來。

感想感悟 ①

愛麗絲的身體多次變大和縮小，使她感到困擾，幸好最終找到調節的方法。這就像小孩子總渴望長大，但長大後又想變回小孩子。而且，我們在成長過程中或會因身體的成長變化感到不安和困擾，在成長的道路上也可能會感到迷茫，但總要找到方法去適應，學習接受自己。

主題思想及感悟

愛麗絲
夢遊仙境

感想感悟②

紅心王后常常處於憤怒、暴躁的狀態，蠻不講理，動輒就要砍掉別人的頭。這提醒我們，經常亂發脾氣，會使我們看不清事實，不能理性思考，變成令人討厭的人。

感想感悟③

白兔擔心自己遲到而匆忙趕路，又擔心得罪公爵夫人和王后而焦慮不安，小心翼翼地做事。現今社會，人們生活節奏忙碌而緊張，精神繃緊。我們要明白，盡量避免犯錯是有需要的，但不能因此終日提心吊膽。雖然未能完全避免犯錯，但更重要的是要知錯能改，在錯誤中成長，讓自己不再犯相同的錯。

感想感悟④

愛麗絲不知道應該走哪條路，也不知道自己想去哪裏，柴郡貓說：「只要你能走得遠，一定會到達某個地方的。」這也是在鼓勵我們，即使感到迷茫，找不到方向，也要勇敢地向前走、繼續走下去。

1　讀完愛麗絲的故事，你認為她是一個怎樣的女孩呢？

2　你喜歡愛麗絲的性格嗎？為什麼？

3　愛麗絲遇到過許多奇怪的人和動物，你印象最深刻的是哪一個？為什麼？

4　你認為故事中哪一個情節最有趣？試說說看。

5　這個故事對你有什麼啟示？

6　你曾經做過奇異的夢嗎？試說說你的夢境是怎樣的。

英國的下午茶文化

還記得愛麗絲參加了帽匠、三月兔和冬眠鼠的瘋狂茶會嗎?「下午茶」的文化起源自英國,你知道英式下午茶是怎樣的嗎?

英式下午茶的由來

流行的説法是在1840年代,由安娜公爵夫人發明的。由於英國的晚餐時間一般比較晚,所以每到下午時間,安娜公爵夫人便覺得有點肚餓,於是命僕人準備一些麵包、牛油和紅茶來充飢,並邀請朋友一起進餐。這一行為不久便風行全國,成為英國的餐飲文化。

下午茶的食物

食物是構成下午茶的重要部分,傳統的英式下午茶通常包括三文治、牛油和麵包、鬆餅、糕點等。

下午茶的用餐時間

一般是介乎午餐和晚餐之間,即約下午四時至六時。工人階級會在傍晚時分,即下午五時至七時進餐,這時的食物除了麵包糕點外,還包括熱食。這一餐被稱為「High Tea」,意思是比下午茶更晚的時段進食的一餐。

路易斯·卡洛爾
(Lewis Carroll) (1832 -1898)

　　本名查爾斯·道奇森（Charles Lutwidge Dodgson），生於英國一個牧師家庭，1851年入讀牛津大學，畢業後留校任數學講師近三十年，直至1881年退休，期間發表了一些有關幾何和象徵邏輯學方面的論文。1861年被任命為英國聖公會的牧師，終身未婚。

　　道奇森不僅是位有成就的數學家，在寫作、繪畫、攝影方面也頗具天賦。他自小就對寫作有濃厚興趣，十四歲時曾自編雜誌在家人中傳閱。他個性怕羞，且有口吃障礙，但非常喜愛孩子，與孩子很合得來。1862年7月，他帶着大學校長的三個女兒去划船遊玩，一路上為她們隨口編講故事。

　　回來後，十歲的愛麗絲要求他把故事寫下來。那年的聖誕節前夕她果然收到一份珍貴的禮物——《愛麗絲地下奇遇記》手稿並配有精彩插圖。1865年此書以筆名路易斯·卡洛爾出版時改名為《愛麗絲夢遊仙境》，大受兒童與成人歡迎。後來他又寫了續集《愛麗絲鏡中奇遇》，兩書成為英國最暢銷的兒童讀物。卡洛爾被認為是當今荒誕文學的創始人之一。

名著讀書筆記

書名: _____

作者: _____

主要人物：_____

故事梗概（簡要描述故事的開端、發展、轉折點、高潮和結局）

_____

我的觀點（描述你對故事的看法，包括喜歡的角色、情節或值得思考的主題）

_____

喜歡的場景或章節（描述你最喜歡的場景或章節，並解釋為什麼）

_____

有趣的發現（記錄你在閱讀過程中發現的有趣事實或引人入勝的細節）

_____

引用的句子（選擇你最喜歡或最有啟發的句子，並解釋為什麼）

_____

推薦程度（根據你的閱讀體驗，你會給這個故事幾顆愛心呢？）

新雅 • 名著館

愛麗絲夢遊仙境（附思維導圖）

原　　著：路易斯・卡洛爾〔英〕
撮　　寫：宋詒瑞
繪　　圖：Chiki Wong
策　　劃：甄艷慈
責任編輯：周詩韻、張斐然
美術設計：何宙樺、徐嘉裕
出　　版：新雅文化事業有限公司
　　　　　香港英皇道 499 號北角工業大廈 18 樓
　　　　　電話：(852) 2138 7998
　　　　　傳真：(852) 2597 4003
　　　　　網址：http://www.sunya.com.hk
　　　　　電郵：marketing@sunya.com.hk
發　　行：香港聯合書刊物流有限公司
　　　　　香港荃灣德士古道 220-248 號荃灣工業中心 16 樓
　　　　　電話：(852) 2150 2100
　　　　　傳真：(852) 2407 3062
　　　　　電郵：info@suplogistics.com.hk
印　　刷：中華商務彩色印刷有限公司
　　　　　香港新界大埔汀麗路 36 號
版　　次：二〇二四年六月三版

ISBN: 978-962-08-8405-4